ボッチのオタクである俺が、
学内屈指の美少女たちに囲まれて
いつの間にかリア充呼ばわりされていた
JN228666
ネコクロ
ill. おもおもも

神崎海斗
Kanzaki Kaito
いやいや、からかってないから
桃井咲姫
Momoi Saki
お姉ちゃんとか呼ばないでね

だめですか、お兄ちゃん？
桃井桜
Momoi Sakura
西条雲母
Saijo Kirara
あんたそんな顔だったんだ？

「……何をしているのかしら？」
「も、桃井……？」

「人の大切な妹に、
早速手を出しているとはいい度胸ね……？」

「おい西条。
お前、これが犯罪だって
わかってやっているのか？」

「ちょっと――いや、凄く意外ね。
でも、見てくれが変わっただけで、
中身はあのボッチ君でしょ？」

CONTENTS

ボッチのオタクである俺が、学内屈指の美少女たちに囲まれていつの間にかリア充呼ばわりされていた

ネコクロ

講談社ラノベ文庫

口絵・本文イラスト／おもおもも
デザイン／百足屋ユウコ＋アオキテツヤ（ムシカゴグラフィクス）

プロローグ

「好きです――付き合ってください！」

「キモい、無理」

――朝登校すると、校門の前で告白が行われていた。

そして男のほうは見事に撃沈してしまい、膝から崩れ落ちた。

振った女のほうは、長くて綺麗《きれい》な黒髪をソッと手で掻《か》き上《あ》げながら、何事もなかったかのように校舎に入っていく。

「これで撃沈男、通算百五十人……」

近くにいた誰かが、そう呟《つぶや》いた。

百五十人と聞けば大袈裟《おおげさ》かと思うかもしれないが、この数字は決して誇張された数字ではない。

先程告白を受けた女子――桃井《ももい》咲姫《さき》は、才色兼備という言葉がよく似合う女だった。

誰もが振り返るほどの綺麗に整った顔立ちを持つだけじゃなく、学力面では他の追随を許さず、首席で入学して以来、トップの座から落ちた事がない。

もちろん、生徒会にも所属している。

更に運動能力においても、男子に引けを取らないらしい。

まぁそんな漫画にでも出てきそうなキャラと、生徒数県内一を誇るマンモス校というのが合わさり、こんな記録を叩《たた》きだしていた。

『天は二物を与えず』といったことわざがあるのだが、あれは嘘《うそ》だろう。

なんせすぐ傍《そば》に、神様から二物どころか、三物も与えられている人間がいるのだから。

神様はなんで、こんなに美男美女ばかり贔屓《ひいき》するのだろうか。


俺なんて大したものをもらってないのに……。


しかし――。

俺は、先程桃井さんに告白して玉砕した男を見る。

彼は今もなお、屍《しかばね》のように地面に倒れこんでいた。

こいつはなんで朝っぱらから、校門の前で告白をしたのだろうか？

普通告白と言えば、放課後の校舎裏など、人目につかない所でするものだろ？

大衆の面前で告白をして振られれば、ただの恥さらしでしかない。

挙げ句の果てに、屍のような彼を突《つつ》いて遊んでいる生徒がいる。

おそらくは彼の友達なのだろうが、何を思ったのか指で突くんじゃなく、木の枝で突いている。

そして、木の枝で突かれても彼はビクともしないのだが、逆に凄《すご》いと思った。

まぁそれはさておき、告白した相手はあの桃井さんなのだ。

これだけ告白をした人間がいるにもかかわらず、未《いま》だに告白成功者がいない事から、どれだけ無謀な事をしているのかをこの男もわかっていただろうに。

だからきっと、この男は頭が悪いのだろう。

ただ……俺はその勇気を羨ましいとも思った。

なぜならもう俺に、そんな勇気はないからだ……。

校舎に入ろうとすると、上着のポケットが震えた。

俺はポケットからスマホを取り出す。

『おはよー、今日も一日頑張ろうねー(*´▽`*)』という、メッセージが届いていた。

俺はそのメッセージに、すぐに返信をする。

『うん、今日は待ちに待った最新刊が出る日だから、学校が終わったらすぐ本屋に駆け込む予定だよ』と送り、スマホをポケットにしまった。

先程メッセージをくれたのは、俺の唯一の友達だ。

俺はリアルに友達がいない。

それは、俺が人と関わるのが苦手だからだ。

そんな俺の趣味は、ライトノベルを読む事と特殊なゲームをする事、あとはアニメを見る事だった。

……所謂《いわゆる》オタクという奴《やつ》だ。

彼女とは同じ作品を好きだった事から、ネットの中で仲良くなった。

出会って以来、ずっと連絡をとり続けている。

顔は知らない。

年齢は俺と同じと聞いていたが、それが本当かはわからないし、何より本当に女の子なのかさえ、わからなかった。

だけど、たとえ男だったとしても関係ない。

俺にとって彼女は、唯一無二の大切な友達なのだから。

桃井さんと真逆の存在――それが、俺だった。

そんな俺が、桃井さんと関わる事はないだろう。
彼女とは住む世界が違うのだから。
——と、その時は思っていた。
それがまさかあんな事になるとは——。

第一章　ロリ系美少女には迷子属性が付くのか？

「父さん、再婚しようと思うんだ」

夕食の席で、父さんが真剣な表情で話し始めた。

俺はその言葉に——

「別にいいんじゃない？」と、笑顔で返した。

父さんは驚いたような顔で俺のほうを見てくる。

「いいのか？　だって、新しい家族が出来るんだぞ？」

「もう俺だって子供じゃないんだ。父さんが再婚したいんなら、すればいいと思うよ」

俺はそう言って、食器を流し場へと持って行く。

背中に父さんの視線を感じたが、俺は気付かないふりをした。

流し場に着き次第、すぐに食器を洗い始める。

その動作に淀《よど》みは一切ない。

そう——動揺など微塵《みじん》も感じさせない、普段通りの行動だ。

だが、俺の心は態度とは裏腹に、動揺しまくりだった……。

新しい家族だと………？

これは俺にとって、深刻な問題だ。

コミュ障の俺に対して友達が出来るどころか、新しい家族?

俺に死ねと言うのか?

はっ、無理だ。

知らない人間が新しい家族になるとか、絶望でしかない。

会話など出来るはずがないし、気を遣い続けなければならない。

唯一安らげる場所だった家がこれからストレスがかかる場所に変わってしまうのか……。

だが——そんな事を父さんに言えるはずがないし、気付かれるわけにもいかない。

母さんを早くに亡くして以来、父さんは男手一つで俺を育ててくれた。

家事と仕事の両立は大変だっただろう。

俺はそんな父さんに感謝してもしきれないんだ。

……なら、オタクなどやめて、しっかりと勉強しろって?

それとこれとは話が別だ。

人には得手不得手がある。

別に勉強が出来るからといって、仕事が出来るとは限らない。

友達が多いからといって、偉いとは限らないのだ。

……決して、出来ない事に対する僻《ひが》みじゃないぞ？

洗い物を終えて部屋に戻ると、スマホが点灯していた。

どうやら、メッセージが来ているようだ。

『どうしよー、これから新しい家族が出来るんだってー(＞_＜)　知らない人と家族になるなんて、無理だよー(ノД`)・゜・。』

「ブハッ――！」

俺は思わず、吹き出してしまった。

まじか、こんな偶然あるんだな……。

『そっか……実は、俺の父さんも再婚するらしいんだ。つまり、俺にも新しい家族が出来る』

俺がそう送ると、すぐに返事が来た。

『えぇえええええ！　何その偶然！　こんな事あるんだね！』

『本当だね！　はぁ……今から気が重いよ……。さすがに、父さんに断ってくれって言うわけにもいかないしな……』

『わかるわかる！　私のお母さんも凄《すご》く嬉《うれ》しそうだったから、嫌だって言うわけにもいかないし……。はぁ……海《うみ》君が新しい家族だったらいいのにな……』

『俺も花姫《はなひめ》ちゃんが相手だったら、気が楽なのになー……』

――海君とは、俺のアカウント名に花姫ちゃんが君付けしているだけだ。

俺の名前が、神崎海斗《かんざきかいと》だったから、ただ単に海と名付けた。

そして彼女のアカウント名が花姫だったから、俺はそのまま花姫ちゃんと呼んでいる。

特定などに繋《つな》がるため全ては話したりしないが、俺たちは何かあったりしたら近況を報告しあうくらいには仲がいい。

俺からの一方通行でない事を見るに、少なからず花姫ちゃんも俺の事を友達と思ってい
てくれてるのだろう。

俺たちはその後も、ありえないとわかっていながらたられば話を続けるのだった――。

◆

俺は今、必死に頭の中で考え続けていた。

何について考えているかというと――少し距離が離れた所で泣きそうな表情をしている

女の子に、声を掛けるかどうかについてだ……。

放課後、他の生徒から先生に頼まれた用事を押し付けられた俺は、頼まれ事を終えて教室に戻ろうとしていた。

そしたら、なぜだか廊下を涙目で行ったり来たりしている女の子に、鉢合わせをしてしまったのだ。

……いや、助けてやれよって思うだろ？

他の奴《やつ》らには簡単かもしれないが、コミュ障の俺には知らない人間に声を掛けるなど、難易度が高すぎる。

ましてや、その泣きそうな表情をしている彼女は、少し離れた所からでもわかるくらい可愛《かわい》いのだ。

身長は一四〇センチくらいだろうか？

身長が低く、幼い顔立ちをしているが、目はパッチリとしていて、パーツの配置も整っていた。

あと数年もすれば、まず間違いなく美人になるだろう。

しかし、小柄な体格とは相反するように、女性らしいある一部分だけが強調されていた。

九割方の男子は彼女とすれ違う際に、その——大きな胸へと視線が行くのではないだろうか?

そんな美少女に声を掛けている姿を見られれば、『周りからナンパをしていると思われないか? ましてや声を掛けた瞬間、彼女に気持ち悪いと思われやしないか?』といった考えが頭の中を駆け巡る。

だが、このまま見て見ぬふりをするのも、なんだか良心が痛む。

……俺にだって、良心くらいはあるんだからな?

……本当だぞ?

嘘《うそ》じゃないからな?

結局、俺は勇気を出して彼女に声を掛ける事にした。

「その……なにか、困っているのか?」

「――っ!」

俺が声を掛けると、彼女はビクッと体を震わせた。

いきなり声を掛けたせいで、驚かせてしまったようだ。

「驚かせてすまない。先程から行ったり来たりしているけど、どうかしたのか？」

俺の言葉に、彼女はおそるおそる俺のほうを見上げてくる。

近距離から見ると、やはり半端なく可愛い女の子だった。

先程も言った通り、目がパッチリとしており、あどけなさが残る童顔の少女だ。

この学園の制服を着ているのだから、高校生には間違いないのだろうが……一見、小学生にも見える。

……ある一部分を除いてな。

しかしその整った顔は、まるでアニメにでも出てきそうだなと思えるほどだった。

こんな美少女、滅多にお目にかかれないだろう。

ネクタイの色からして、新入生のようだが……。

というか……これで俺と同じ二年生だったら、俺はなんともいえない表情をしてしまうだろう……。

俺の顔を見上げていた少女は少しの間ジーッと俺の顔を見たあと、ゆっくりと口を開いた。

「あ、あの……実は道に迷ってしまいまして……」

あぁ……入学したばかりだから、校内の造りがわからなかったのか。

まだ入学式があってから、一週間も経《た》っていないうえに、この学園は普通の学校よりも、遥《はる》かに大きいしな……。

「えと、図書室に……」

「何処《どこ》に行きたかったんだ？」

まじか……。

俺はソッと、目を背ける。

そして彼女が出来るだけ傷つかないように、慎重に言葉を選んで告げた。

「図書室って、一年生の教室から見て、ここと真反対なんだけど……」

「………」

反応がなかったためおそるおそる彼女の顔を見ると、彼女の顔は真っ赤に染まっていた。

「ま、まぁ仕方ないよ！　入学したばかりだったら、何処に何があるかわからないもんな！」

俺はそうやって、必死に言い繕う。

確か、一年生には建物配置図が渡されていたはずだけどな……。

「その……桜《さくら》、昔から方向音痴で、地図もロクに見れないんです……」

彼女は弱々しい声で、そんな事を呟《つぶや》いた。

桜とは、彼女の名前だろうか？

そんな事よりも、地図があって道に迷ったのか……。

まぁ、たまに凄い方向音痴の人間とかいるしな……。

例えば電車に乗る時、逆方面に行く電車に乗る奴とか……。

実際、俺は過去に一度そういう子と会っている。

あれは——中学二年生に上がったばかりの頃だろうか？

その頃はまだ、俺にも友達というのがいた。

まぁそんな俺と、友達五人くらいで街中に向かっている電車の中で、その迷子の女の子と出会ったのだ。

その子は多分身長の低さや見た目から、俺よりも三つか四つ年下だったと思う。

そんな子が電車の中で、今にも泣きそうになりながら外の風景を見ていたのだ。

俺はその子の事がほうっておけなくて、思わず声を掛けてしまった。

するとその子は、『行きたい駅に着かないの……』と、泣きそうになりながら答えてくれた。

そのまま、行きたい駅の名も教えてくれたのだが――その子に駅名を聞いた当時の俺は、こう思った。

『そりゃあ行く方面が違うから、着くわけないだろ……』と。

まぁ対処法としては、反対方面だって事を教えればいいだけだっただろう。

しかし、その子は幼い――しかも、泣きそうになっている子だ。

そんな女の子を一人で引き返させる事を不安に思った俺は、友人たちに先に行ってもらうように告げて、その女の子を目的の駅まで連れて行ってあげた。

今はその子がどうなっているかは知らないが、凄く可愛い子だったので、目の前の女の子みたいになっているのではないだろうか。

……もしかして、ロリ系美少女には迷子属性が付くのか？

一瞬、そんな馬鹿げた考えが浮かんでしまった。

まぁさすがにそんなわけないだろうと思った俺は、首をブンブンと横に振って、思考を切り替える。

しかし困ったな……。

方向音痴という事は、こんだけ広い校舎内の場所を口頭で教えても、また迷ってしまう可能性がある。

というか、この子は絶対迷う気がする。

だって、漫画とかでのお決まりの展開だから……。

俺は少しだけ考えて――

「俺も実はこれから図書室に本を借りに行く予定だったんだ。教室に鞄《かばん》を取りに行かないといけないんだけど、それでもいいんなら、一緒に行くか?」と、尋ねてみた。

……よく言った俺!

これでリアルの学園生活で、友達が出来るかもしれない!

後輩で、しかも女の子だけど!

「あ……はい、お願いします!」

そう言って彼女はニコッと笑った。

その笑顔に俺がドキリとさせられたのは、言うまでもない。

俺は図書室に着くまでに、彼女と上手《うま》く会話してみようと思った。

これを機に、人付き合いが上手くなれるようにしたかったのだ。

だが——会話が思いつかない！

よく考えれば、俺が話せる話題はラノベかゲームかアニメの事しかないのだ。

いや、アニメならもしかしたらと思ったが……。

俺はチラッと横目で、ニコニコ笑顔で横を歩くロリっ子を見る。

……俺が好きなアニメを、この純粋無垢《むく》な女の子が見ている可能性など、皆無だろう。

なんていったって、俺が見るアニメといえばオタクが大好きなアニメしかないのだから。

そう、俺は所謂《いわゆる》オタク趣味についてしか語れないのだ。

この美少女が、オタク関係の事を知ってると思うか？

——否に決まっている！

ここでオタク関係の話をしてみろ。

顔では苦笑いされて、心の中ではドン引きされるだろう。

挙げ句、俺の事がオタクだと言い触らされかねない（クラスメイトには言ってもいないのに、バレてるけど！）。

……いや、最後のはこの子の雰囲気からして、しそうにはないんだが……。

なんせ、人畜無害の優しい雰囲気をまとっている。

言うなれば、人懐っこい女の子なのだ。

俺が先程から普通に言葉を交わすことが出来ていたのも、それが大きかった。

しかし、一体どんな話題を振ればいいんだ……。

「あ、あの……」

俺が頭の中で打開策を探そうとしていると、隣を歩いてる彼女が俺のほうを見上げながら口を開いた。

「どうした？」

「えと、先輩って二年生なんですよね？」

「うん、そうだけど……よくわかったな？　ネクタイの色でわかったのかもしれないけど、まだ入学したばかりだから、一年生は二年生と三年生がどっちの色なのかわからないと思っていたよ」

二年生のネクタイの色は青色で、三年生の色は黄色。

そして、今年入った一年生のネクタイの色は赤色だった。

これはローテーションされていて、来年の新入生がつけるネクタイの色は、今年卒業する三年生と同じ色——つまり、黄色になるのだ。

だから、俺たち在校生はすぐに学年を判別出来る。

しかし、入学したばかりの一年生たちには、ネクタイの色では判別がまだつかないはずなのだが、上級生に知り合いがいるのだろうか？

「桜のお姉ちゃんも二年生なので、わかったんです。『もしかしたら先輩と面識があるかな？』っと、思いまして」

無邪気に向けてきた言葉が、俺の心を抉《えぐ》る。

彼女が悪意を持って言ったんじゃない事はわかっている。

勝手に俺が傷ついているだけなのだ。

……なぜ俺が傷ついたかというと、そんなの決まっている。

俺に友達がいないから——だ！

『面識があるかな？』という言葉で、『友達がいない俺に面識があるわけないだろ』って言葉を連想してしまった……。

そんな事、口が裂けても言えるはずがないが……。

「うーん、多分知らないな。俺って女子に友達はいないんだ」

ごめんなさい、少し見栄《みえ》を張りました。

女子どころか、男子にも友達がいません。

「あ、そうなんですか……。他愛のない話だったので、気にしないでください。それに、根は凄く優しいんですが、取っ付きづらい姉だとは思いますし……」

そう言って、彼女は俺の事をフォローしてくれた。

なんて優しいんだ……。

彼女とは、是非とも仲良くなりたい。

よし、今度こそは俺のほうから話題を——

「あ、着きましたね！」

——振れなかった……。

なんでこのタイミングで着くんだよ！

もう少し空気読めよ、図書室！

俺はそんな馬鹿げた事を、本気で思った。

あ……でも、あれだな。

図書室に着いたからといって、別にここでお別れというわけじゃないんだ。

一緒に本を選んだり、見たりすればいい。

「なぁ、それでなんの本を探しに来たんだ？」

俺の言葉に、彼女は首を傾《かし》げる。

そして、思い出したかのように口を開いた。

「あ、そういえばきちんと説明していませんでしたね。桜、図書室に本を借りに来たんじゃなく、ここで待ち合わせをしてたんです」

「え、待ち合わせ？」

「はい。先程言った通り、桜は方向音痴なので、一人で帰っちゃうと迷子になっちゃうんです。だから、お姉ちゃんと図書室で待ち合わせして帰ろうってなってるんです」

なんだそれ……。

待ち合わせなら、なんでどちらかの教室にしないんだ？

特に、この子は道に迷うんだろ？

普通、一年生の教室に迎えに行ってやるんじゃないのか？

それにこの時間まで、この子に連絡がないというのも変わった話だな……。

この子の姉は、部活でもやっているのだろうか……？

だからここで待ち合わせをして、暇を潰させるつもりだったのか？

……でも今日って、全部活休みの日だよな……？

「あ、先輩もお姉ちゃんが来るまで、一緒にここで待っててくれますか？　桜、もっと先輩とお話がしたいですし、お姉ちゃんともお友達になってほしいので！」

「え……？」

俺は思わぬ提案に思考が停止する。

いや、提案で思考が停止したんじゃない。
『桜、もっと先輩とお話がしたい』という言葉で、思考が止まったのだ。
聞き間違いじゃないよな？
意外とこの子に好印象を抱いてもらえたのか？
最後ら辺しか、まともに会話が出来なかったのに？
だが、これは嬉しい提案だった。
もちろん乗らないわけにはいかないだろう。
「ああ、それなら俺ももっと――」
『話したい』と言いかけて、俺は言葉を止める。
ここで彼女と話すのはいい。
だがちょっと待て。
彼女の姉が来るまで、一緒に待つ？
それって、彼女の姉と顔を合わせるという事だよな？
さっきこの子も、姉と友達になってほしいみたいな事を言ってたし……。
でも、彼女の姉って二年生だよな？
しかも、取っ付きにくいとか言ってなかったか？
……無理だな。

「ごめん、俺用事を思い出したから、もう帰るわ」

そう言って、俺は踵《きびす》を返す。

「え？　先輩、本を借りに来たんじゃなかったんですか？」

そういえば、彼女を案内する口実としてそんな事を言ったな……。

「急ぎの用事なんだ！　本なら別の日に借りられる！」

まぁ俺は、ラノベはたくさん読むが、それ以外の小説は一切読まないため、また図書室を訪れる気はないのだが……。

とにかく、今は一刻も早くここを立ち去ったほうがいいだろう。

後ろのほうで彼女がまだ何か言っていたが、俺は振り向く事をせずに帰路についた。


——しまった。

彼女にクラスどころか、名前すら聞いていない。

この学園の人数は無駄に多いため、クラスもわからないとなると、次に彼女に会えるかどうかすら、怪しい。

はぁ……。

俺は先程名前を聞き忘れた事を後悔して、俯《うつむ》いてしまう。

——足元を見て歩いていると、他の生徒とすれ違う時、フワリと花のようないい匂いがした。

俺は反射的に後ろを振り返る。

あれ？

彼女って、桃井《ももい》さんだよな？

へぇ……あいつも図書室なんて使うんだな。

いや、むしろ秀才なのだから、小説などもよく読むのか。

まぁ、俺が見ている事に気付かれて変な言い掛かりをつけられても困るし、さっさと帰ろう。

この時の俺は、桃井さんが図書室に向かっている事など大して気にしていなかったのだが——後《のち》にその事を後悔する事になるのだった。

第二章　冷徹な義姉《あね》と温和な義妹《いもうと》

俺が学園で苦手とする生徒は二人いる。

一人目は——西条《さいじょう》雲母《きらら》という女子だ。

彼女とは一年生の時から同じクラスなのだが、話した事など数えるほどしかない。
しかも全て、何かしらの仕事を押し付けられただけという。
そんな彼女は、クラス内の女子をまとめる存在だった。
つまり、女子のリーダーなのだ。
なぜ、俺が彼女の事が苦手かだって？
そんなの察してくれ。
女子をまとめる役目を果たす奴《やつ》なんて、大抵怖い性格をしているに決まっている。
しかも、彼女は金髪だ。
服装などにうるさくない学校ではあるが——さすがに金髪は彼女一人だ。
彼女には近付かないようにするのが、身のためだろう。

それにあいつは、他の生徒と考え方が違う。

俺の知る限り、あいつは最も危険な人間だ。

俺がそう思う理由は複数あるのだが、その一つとして、あいつは周りの生徒を見下している。

他の生徒が気付いてるかどうかはわからないが、人の目を気にして生きてきた俺にはわかる。

あいつは自分の周りにいる人間を友達だと思っていない。

ただ、自分の言う事を聞く下僕だと思っているのだ。

なぜ皆《みな》彼女の言う事を聞くかって？

明らかとなっている理由は二つ。

まず一つ、彼女が桃井《ももい》さんに次ぐ美少女だからだ。

そして、お洒落《しゃれ》にもしっかり気を遣っている。

その容姿が周りを惹《ひ》きつけるのだ。

そんな彼女に頼まれた男子は、大抵断らない。

変な期待でもしているのだろう。

……俺が断らない理由は、そんな下心からの理由じゃないぞ？

ただ単に怖いだけだ！

……あれ？

もっと情けない気が……。

まぁ、そんな事は置いといて、二つ目の理由だ。

それは、彼女の家が超がつくほどの大金持ちだからだった。

西条財閥という日本屈指の大手財閥が、彼女の家だ。

そんな彼女は、周りに色々な施しをしてやっている。

例えば服を買ってやったり、遊ぶ時にかかる費用を全て負担してやったりしているのだ。

だからみんな、甘い蜜を吸おうと彼女に媚《こ》びる。

一年生の時だけではなく、二年生になってもそんな奴と同じクラスだというのが凄《すご》く嫌だった。

俺は出来るだけ目を付けられないように、日々を頑張って過ごしている。

そして、二人目は――桃井咲《さき》姫だ。

『は？』って、思ったか？

なんで、学校一のモテ女の事を苦手としているのかって？

……高スペックが目立って忘れているかもしれないが、彼女の性格は冷徹だ。

校門で告白した男子も、素っ気なく振られた後忘れ去られていただろ？
あれが彼女だ。
実は、一年生の時一度だけ話しかけられた事がある。

その内容は——
『邪魔』、の二文字だった。

……俺、初対面だよ？
この時の俺が、どんな気持ちだったかわかるか？
ムカついた？
悔しかった？
違う、そんなものじゃない。
『怖い——』だ！
なんで初対面の女子に、背後からいきなりそんな事を言われなければならないんだ！
そして、あの時の冷徹な目！
今思い出しても寒気がしてくる！
そういった理由から、俺は彼女の事が苦手だった。

全く……なんで、こんな奴らがこの学園にいるんだよ……。

この学園は生徒数が多いのと、敷地《しきち》がデカくて設備が整ってる事だけが取り柄の公立校だぞ？

西条さん、お前お金持ち専用の私立校にでも行っとけよ。

お前みたいなお嬢様が来るような学校じゃないだろ、ここは？

……見た目は全然お嬢様じゃないけどな。

そして桃井さん、お前の学力でこの学園に進学しているってどういう事？

全国模試ですら上位に入るお前なら、もっと頭のいい学校に行けただろ。

……俺が桃井さんの全国模試の結果を知っているからって、別に調べたりとか、ストーカーとかじゃないからな？

学校で有名な話ってだけだ。

……まぁ、俺が誰かから教えてもらったとかじゃなく、他の生徒たちの会話から聞こえてきただけなんだがな……。

悪かったな、ボッチで！

なんでこの学園は無駄にスペックが高い奴らがいるんだよ……。

この学園にはこの二人をはじめとした、スペックが高い奴らが他にもゴロゴロといた。

……まぁそれはさておき、どうして急にこんな話をしだしたかって？

その元凶は廊下にいた。

俺はチラッと、その元凶を見る。

見てる……明らかに俺のほうを見てる……。

そう——数日前から、俺はある人間にずっと見られていたのだ。

誰に見られているかって？

ここまでの話の流れでわかるだろ？

西条さんは教室で、友達数人と固まって話をしている。

つまり、廊下にいるのは西条さんじゃない。

じゃあ、誰だ？

先程、西条さんと並んで俺が苦手にしている人物の名前を挙げたよな？

そう——桃井咲姫だ。

なんで見られてるのかって？

俺が聞きたい！

自意識過剰だろって思ってるかもしれないが、残念ながらこれは俺の思い込みではない。

確かに今の状況ならクラスメイトが大勢クラスにいるため、俺を見ているとは限らない。

だが、ある時は廊下ですれ違う時。
ある時は、一人で昼食を食べている時。
挙げ句の果てに、俺の下校の時まで、ジッとこちらを見てくるのだ。
しかも、その姿を隠そうとしない。
だから、はっきりと俺にもわかるのだ。
誰か、あいつを何処《どこ》かに連れて行ってくれ……。
桃井さんの取り巻きはどうした？
なぜ今いない？
どうせファンクラブもあるのだろ？
お前ら、ちゃんと活動しろよ。
ていうか、誰一人桃井さんの行動に疑問を持たないわけ？
ここ数日のあいつの行動、どう考えてもストーカーだよね？
あいつがやる事は、なんだって正義なの？
はぁ……なんで俺がこんなに桃井さんに見られないといけないんだよ……。
誰か、あいつを連れて行ってくれぇ……。
俺は適当な誰かにそう祈りながら、桃井さんの視線から隠れるように机へと突っ伏すのだった——。

◆

ついにこの日が来てしまった。

「海斗《かいと》、もうすぐ到着するそうだ」

父さんは待ちきれないという笑顔で、俺に話しかけてきた。

そう——新しい母親が、とうとうこの家に来るのだ。

嬉《うれ》しそうにしている父さんとは反対に、俺の心はこれ以上ないくらい憂鬱な気分だった。

あぁ……出来る事なら、今すぐにでも部屋にこもりたい……。

というか、いくらなんでも引っ越してくるのが早すぎないか？

父さんが再婚の話をしてきた日から、まだ一週間ちょっとしか経《た》ってないんだが？

これ、俺の意思関係なしに再婚決まってただろ……？

いや、まぁ父さんの人生なんだし、反対する気は一切ないんだが……。

しかし、やはり釈然としない……。

ピンッポーン！

来た――！

俺はなんとか笑顔を作る。

第一印象が肝心だ。

ここで失敗すれば、将来この家を出るまでずっと気まずい思いをしなければならない。

ふぅ……大丈夫、大丈夫だ。

そう自分に言い聞かせる。

俺は父さんがドアを開けようとする間に、なんとか心を整理させる事が出来た。

すると、ドアノブに手を掛けた父さんが、俺のほうを振り返り――

「あ、そういえば言い忘れてたけど、あちらさんにも二人の連れ子がいるからな。しかも、両方女の子だ」と、笑顔で告げてきた。

……は？

え、何それ、連れ子？

しかも――女の子⁉

なんでこんなタイミングで言うんだよ！

おい、忘れてたって嘘《うそ》だろ⁉

口元笑ってるぞ、こら！

俺はそう叫びたくなるが、なんとか押《お》し留《とど》まる。

なんせ、ドアの向こうにはもう新しい家族がいるのだ。

ここで叫んだのが、向こうに聞こえてみろ。

顔合わせの前に第一印象が悪くなってしまう。

それに二人の女の子といっても、年齢が俺と近いとは限らない。

まだ幼い可能性もあるし、結構年上の可能性もある。

……いや、それでもまずいのはまずいのだが、歳《とし》が近くなければどうにかやり過ごせる気がする。

俺はそうやって、心を落ち着かせた。

だが、それはすぐに裏切られる事になる。

ただし――いいほうにだ。

◆

「こんにちはー」

ドアの向こうから入ってきたのは、優しそうな女性だった。

そして、かなりの美人さんだ。

父さん、よくこんな人を捕まえたな……。

「あ、初めまして、俺――じゃなくて、僕は父さんの息子の海斗です」

そう言って、俺は笑顔を浮かべる。

よし、上出来だ！

これで向こうにはいい印象を与えられただろう！

「あらあら、礼儀正しい子ねー。私はあなたの新しいお母さんになる、香苗《かなえ》と申します。これからよろしくね」

そう言って香苗さん（お母さんと呼ぶのはまだ恥ずかしい）が、俺に優しく微笑《ほほえ》んでくれた。

よかった……こんな優しい人なら、俺も上手《うま》く話せるだろう。

「ほら、あなたたちも早く入ってきなさい」

香苗さんがそう言うと、一人の女の子が顔を俯《うつむ》かせて入ってきた。

「――っ！」

彼女を見た瞬間、俺の中に衝撃が走る。

「あ、あの、桜《さくら》と申します。よろしくお願いします……」

「はい、桜ちゃん。僕は新しいお父さんになる、俊哉《としや》と申します。楽しい家庭にしようね」

父さんは笑顔でそう言い、優しく対応していた。

しかし、その女の子はまだ俯いていて、顔を上げない。

だが、俺は顔を見なくても、この子があの時の子だとわかった。

そしてそれは彼女が先程名乗った事により、『間違いない』と確信出来た。

「君、あの……迷子になってた子だよね？」

俺がそう尋ねると、その子はバッと顔を上げた。

そして、緊張でガチガチになっていたであろう彼女の顔は、俺の事を認識するなり、パアッと明るく笑顔に変わった。

「新しいお兄ちゃんって、先輩だったんですね！」

そう言って、ニコッと笑う。

うわぁあああああ！

こんな奇跡ってありか⁉

今まで神様を恨んだ事は何度もあるが、今はとても感謝をしたい気分だ！

神様、ありがとう！

だって、この人懐っこいロリ系女子が、俺の義妹《いもうと》になるんだろ⁉

世の男子の憧れといえる、あの義妹にだよ⁉

そんなの嬉しくないわけがないだろ！


正直、たとえそんな事が現実で起きたとしても、どうせ不細工な子か、性格が最悪な子だろうなって思ってた。

しかし、実際に義妹になったのは、こんなに可愛《かわい》い女の子！

もう一度言う——神様ありがとう！

「あ、あの？」

俺が一人熱く考え込んでいると、桜ちゃんが俺のほうを不安そうに見てきた。

俺が返事をしなかったせいで、嫌がってると思わせてしまったのかもしれない。

「あ、ごめん。ちょっとこんな偶然ってあるんだなぁって思ってて……。改めてよろしく、桜ちゃん。俺の名前は海斗って言うんだけど、好きに呼んでくれていいから」

俺がそう言うと、桜ちゃんは嬉しそうに――

「じゃあ、お兄ちゃんって呼ばせてください」と、はにかんだ。


俺は頭をハンマーで殴られる感覚に襲われた。

『お兄ちゃん』って呼ばれたのが、それほどに嬉しかったのだ。

俺が呼んでほしい呼び方ですぐに呼んでくれるなんて……この子は天使だな……。

「え、えと、だめですか、お兄ちゃん？」

気付けば、桜ちゃんに上目遣いで見られていた。

その姿にクラッと、眩暈《めまい》がしてくる。


ヤバイ……桜ちゃん、可愛すぎる……。


ハッ！

いかんいかん。

どうやら長年ボッチで居続けたせいで、俺は脳内会議を開く癖がついているようだ。

「いや、それでいいよ！　というか、そっちのほうがいい！」

俺が慌ててそう答えると、またしても桜ちゃんは嬉しそうに笑ってくれた。

ハハ、数十分前まで憂鬱だった俺よ。

俺は今から勝ち組となったぞ！


「そっか～、二人とも同じ学校だったものね～。だったら、海斗君はこっちの子とも知り合いかもしれないわね。ほら、あなたも早く入ってきなさいよ」

香苗さんは、そうドアの外へと声を掛けた。

あ……そういえば、桜ちゃんのお姉さんって俺の同級生だったよな？

あれ……？

桜ちゃんの苗字《みょうじ》ってなんだろう？

というか、桜ちゃんと香苗さんって、誰かに似ていないか？


なんだろう、凄く嫌な予感がしてきた……。


それに何か……頭の中で引っかかってるものがある。

疑問だった答えが、後少しで全て繋《つな》がりそうといった感じだ。

それは――彼女が入ってきて、すぐにわかった。

なぜあの時、桜ちゃんは教室じゃなく、図書室で待ち合わせをしたのか？

――決まっている、彼女が一年生の教室に現れれば、それだけで騒動になるからだ。

なぜ部活もないあの日、あんな時間になっても桜ちゃんに連絡は来ず、待ち合わせ時間が遅かったのか？

――部活はなかったあの日、教師陣以外にも活動をしていた生徒たちはいた。

生徒会役員だ。

そして、彼女も生徒会役員だった。

つまり――生徒会活動が終わるのに合わせて、待ち合わせ時間を設定していたのだろう。

それに俺はあの時、図書室に向かう彼女と実際すれ違っていた。

俺は玄関に入ってきた少女を、もう一度おそるおそる見る。

そこには――凄く不機嫌そうな顔をしている、学校一のモテ女がいた。

なんであの時に、桜ちゃんの待ち合わせ相手が桃井さんだと気付かなかったのか……。

今並んでいて、はっきりとわかる。

桜ちゃんは紛れもなく、桃井さんの妹だ。

桃井さんを小さくし、顔を幼くして、髪型をショートツインテールバージョンにすれば、今の桜ちゃんになる。

身長に差がかなりあるのは、姉妹だからといっても、同じように育つとは限らないからだろう。

だって身長とは逆に、桃井さんの胸は貧相なのに対し、桜ちゃんの胸はグラビアアイドル並みに大きかった。

ちなみに、香苗さんも同じくらい大きい。

「……なにかしら？」

俺の視線に気付いた桃井さんが、ギロリと睨《にら》んできた。

「別になんでもないです……」

俺はそう言って、目を背ける。

やっぱこえーよ、この女。

なんで学園の男子は、こんな奴の事が好きなの？

あれなの？

みんなドMなの？

貶《けな》されて喜ぶ奴らばかりなのか？

俺が視線を逸《そ》らしているのにもかかわらず、桃井さんは俺の事をジーッと見てくる。

その視線はここ最近感じているのと、同じだった。

あぁ、そうか――こいつは多分、香苗さんから俺の名前を聞いていたのだろう。

だから、俺の事をどんな奴か知りたくて、俺を観察していたんだと思う。

時期的にいえば、迷子になってる桜ちゃんを助けた男として、どんな奴か知りたかったともとれるが、桜ちゃんが俺の名前を知らなかったから、たとえあの時の出来事を桃井さんに話していたとしても、俺に辿《たど》り着《つ》けるわけがない。

だから、やはり前者の予想が正しいと思う。

「咲姫、そんなに海斗君に熱い視線を送るんじゃなく、ちゃんと自己紹介をしなさい」

「誰も熱い視線なんて送ってないわよ！」

香苗さんに注意された桃井さんがそう叫ぶが、俺はこう思った。

『十分熱い視線だったよ』と。

まぁ、恋愛的な意味じゃないけどな……。

「桃井咲姫よ」

桃井さんはぶっきらぼうに、そう呟《つぶや》く。

「もう桃井じゃなくなるんだから、苗字は言わなくていいでしょ？　それによろしくお願いしますって、きちんと言いなさい」

香苗さんは、やんわりと桃井さんに注意をした。

「お父さん、これからよろしくお願いします」

そう言って、桃井さんは礼儀正しく父さんに頭を下げた。

……あれ、俺には？

「こら、海斗君にもきちんと言いなさい」

「悪いけど、それは無理ね。同級生の男子ってだけでも無理なのに、こんな根暗の奴と仲良く出来るわけないじゃない。しかも、それが姉弟《きょうだい》になるなんてなおの事無理よ」

まぁ、そう言うだろうな。

だって、あの桃井さんだもん。

いいさ、そっちがその気なら、俺も無視するだけだ。

俺には桜ちゃんという、可愛い義妹が出来たんだ。

お前が学園でどれだけモテていようが、俺の眼中にはない。

「お姉ちゃん、桜はお兄ちゃんと話した事あるけど、根暗じゃないよ？　クールで大人っぽいだけだよ？　それに桜、困ってるのを助けてもらったの」

桜ちゃん、まじ天使。

俺の事をそんなふうに思ってくれていたなんて。

まぁ過大評価ではあるのだが、別にわざわざ否定する必要はない。

「桜、こんな男の事をお兄ちゃん呼びしたらだめよ！　それにこの男はあなたが思っているような男じゃないわよ？」

ふん、なんとでも言うがいいさ。

お前がなんと言おうが、俺の心にダメージは与えられない。

「なんでそんな事言うの？」

桜ちゃんが怒ったように頬を膨らませ、桃井さんのほうを見る。

おぉ、俺のために怒ってくれている……。

俺はその桜ちゃんの様子に、感動を覚えていた。

もっとそんな桜ちゃんが見たくなった俺は、心の中で桃井さんの事を応援する。

よし桃井さん、この際何を言ってもいいから、もっと桜ちゃんに俺を庇《かば》わせるんだ！

――そんな馬鹿な事を考えた俺に対する、神様からの罰だったのだろう。

次の桃井さんの一言によって、俺は地獄へと叩《たた》きこまれた。

「だってこの男、友達が一人もいないもの！」

その一言により、桜ちゃん、香苗さん、父さんの三人が、可哀想《かわいそう》なものを見る目で俺の事を見てきた。

この女、まじか！

よりによって父さんたちにその事を言うなんて！

というか俺、何一つ悪い事してないだろ⁉

なんで俺がこんな惨めな思いをさせられないといけないんだ！

俺はこの空気を作った元凶を睨む。

彼女はここに来て初めて、楽しそうに笑みを浮かべていた。

明らかに、俺を陥れた事に対して喜んでいる。

この時、俺にはもう桃井が怖いという感情はなかった。

その代わり――『この女、いつか絶対泣かす！』と、心に決めるのだった。

◆

『早くも、家にいるのが憂鬱になった』

部屋に戻るなりすぐに、俺は花姫《はなひめ》ちゃんに愚痴をこぼした。

『どうしたの？(>_<)』

彼女からの返信はすぐに来た。

『一緒に住む事になった子が、凄く嫌な奴なんだよ』

『うわー、相手にも連れ子がいたんだね(:・∀・)　そんな子と一緒だなんて可哀想だ～(>_<)　私のほうも新しい弟が出来たんだけど……多分、主導権を握れたと思う！』

主導権って……。

相変わらず、花姫ちゃんは面白い言い方をするなー。

『凄いなー。じゃあ、そっちは上手くやれそうなんだ？』

『上手くやれるかなぁ……？　まぁ一緒に生活する以上、喧嘩《けんか》はしたくないかなぁ……』

『花姫ちゃんは優しいから、喧嘩なんてしないだろ。あぁ……あいつも、花姫ちゃんみたいな性格になってくれないかな……』

『よっぽど性格が悪い相手なんだね(>_<)　あ、ごめん……ちょっとお母さんに呼ばれたから、また後でね！』

あ……もう少し愚痴を聞いてほしかったんだが……。

まぁ、仕方ない。

それに、『また後でね』って言ってくれてるから、彼女から返信が来たら聞いてもらおう。

そう思いながら『了解』と、送ろうとすると――

「海斗くーん、みんなでご飯を食べに行きましょー！」

――香苗さんからそう呼びかけられた。

「あ、わかりました！　すぐ行きます！」

ドアを開けて下の階にいる香苗さんにそう答えた後、俺は文字を一度消し――

『俺も呼ばれたから、ちょっとご飯行ってくるよ』と送って、スマホをポケットにしまう。


「「あっ」」

部屋を出ると、今一番顔を見たくない奴と鉢合わせしてしまった。

そういえばこいつの部屋は、俺の隣だったな……。

あの後――父さんたちが俺たちに仲良くするようにと言って、俺の隣の部屋を桃井の部屋としたのだ。

こんな奴じゃなく、桜ちゃんを隣の部屋にしてくれれば良かったのに……。

ちなみに桜ちゃんの部屋は、一階だった。

そして俺たちの部屋は二階だ。

この階は俺たちの部屋の他に、収納戸棚を数個置いてある部屋と、物置が一つ、そしてトイレが一つあるだけだった。

つまりこの階では、俺と桃井の部屋しかないのだ。

はぁ……本当恨むぞ、父さん……。

とりあえず、この女の事は無視しよう。

向こうも俺の事なんて、気に留めてないだろうし。

「ねぇ」

「………」

「ねぇってば！」

「──っ！」

俺はいきなり桃井に、肩を掴《つか》まれた。

ビックリしたぁ……。

「なんだよ、急に？」

「一つ、あなたに確認を取っておかないといけない事があるのを思い出してね」

「確認？」

「えぇ、そうよ。間違っても、私があなたの家族になったという事を、学園の人に話さないでよ？　もし誰かに知られたら、恥でしかないから」

　この野郎！

　たとえそれが事実だったとしても、普通本人に言うか？

「言うわけないだろ？　そんな事すれば、父さんたちが気を遣ってくれた意味がなくなる」

　父さんたちは、急に苗字が変わったら悪目立ちするだろうという事で、俺たちが高校を卒業するまで、桃井の姓を残す事に決めてくれた。

　それは俺にとってもありがたかった。

　これだけ目立つ桃井が、俺とおんなじ苗字になってみろ。

　変な勘繰りをされかねない。

　……いや、同級生たちは俺の事を空気扱いしているから、もしかしたら気付かないかもしれないが……。

「そう、それならいいわ。あ、あと、私の事をお姉ちゃんとか呼ばないでね。もし呼ばれたら、寒気がするから」

「誰が呼ぶか！　……待てよ、なんでお前のほうが上だって決まってるんだ？　俺のほうが兄かもしれないだろ？」

　俺の言葉に、桃井がフッと笑う。

「あなたの誕生日は、八月八日でしょ？　私は七月七日。つまり、私のほうが早く生まれているから、私が姉なの」

くっ……それなら仕方ないか……。

ん？

「え、お前なんで俺の誕生日知ってるの？　学園でのあの行動といい、お前本当にストーカーなの？」

俺の言葉に、桃井が顔を真っ赤にして怒る。

「誰がストーカーよ！　あなたの誕生日は、お父さんが教えてくれたに決まってるじゃない！」

「あ、そう」

そんな事だと思ってたから、俺は普通に流す。

「あ、あなたわかってて聞いたわね⁉」

「さっきの仕返しだ、バーカ」

そう言って、俺は階段に向けて歩き出す。

背中では、何やら桃井がギャーギャー騒いでいたが、俺は気にしない。

ちょっとだけではあったが、先程の仕返しが出来た事で、俺の心は満たされていた。

……あれ？

そういえば、俺……普通に桃井と会話が出来ていたな？

まぁ会話というか、喧嘩みたいなものではあったが、あいつと普通に話せたのが俺は不思議だった。

「――多分、この中にあるかな？」

「ありがとうございます！」

一階に降りてみると、父さんと桜ちゃんが何か隅のほうでコソコソとしていた。

一体何をしているのだろう？

「ちょっと待ちなさいよ！　まだ話は終わってないわよ！」

俺が父さんたちの傍《そば》に行こうとすると、俺を追いかけるようにして上の階から降りてきた桃井が声を掛けてきた。

意外としつこい奴だ。

「なんだよ？」

全身から嫌悪感を出しながら、桃井を見る。

「何よその顔は！　あなたが私をからかったのが悪いんじゃない！」

「いやいや、からかってないから」

「じゃあ、さっきのは何よ？」

桃井は訝《いぶか》しげな表情をしているが、俺の言葉に耳を貸す気があるようだ。

俺はそんな桃井に対して笑顔で口を開いた。

「ただ、馬鹿にしただけだよ」

「………………」

桃井は一瞬何を言われたのか理解出来なかったのか、黙って俺の事を見つめてきた。

しかし、言葉の意味を理解すると、みるみるうちに桃井の顔が先程と同じように真っ赤になる。

真っ赤になったのは別に恥ずかしさから照れてるわけではない。

怒りで真っ赤になっているのだ。

「へ、へぇ……上等じゃない……！」

そして桃井が発した声は、怒りによって震えていた。

俺はやりすぎたと後悔するが、それももう遅い。

俺を見る桃井の目は、完全に据わっている。

何もそこまで怒る事はないじゃないかと思うが、きっとこのモテ女は今までまともに馬鹿にされた事がないのだろう。

だから、俺に馬鹿にされた事を受け流せないのだ。
そこからは――ありえないほどの非難の言葉を浴びせられるのだった。

◆

「お兄ちゃん、大丈夫ですか……？」

食事に出かけている車の中で、桜ちゃんが心配そうに俺の顔を覗《のぞ》き込《こ》んできた。

なぜ彼女が心配そうに俺の顔を見ているのか。

それはもちろん――桃井の非難の嵐に晒《さら》された事によって、俺が落ち込んでいたからだ。

桃井の奴、容赦がない。

俺が気にしている部分を鬼のように責めてきた。

特に、『ボッチ』という言葉が俺に一番効くとわかると、重点的に人の事をボッチ呼ばわりしてきた。

改めて現実を突きつけられた気分だ。

ちなみに、俺が落ち込んだ事で満足そうにしている桃井は、桜ちゃんの向こう側にいる。

俺たちが乗っている車は五人乗りの乗用車で、運転席に父さんが座って運転をしており、助手席に香苗さんが座っている。

そして、右後部座席に俺が座っていて、左後部座席に桃井が座っていた。

桜ちゃんは、俺と桃井が喧嘩しないようにクッション代わりで真ん中に座っている。

「うん、大丈夫だよ」

桜ちゃんに心配をかけるのは良くないと思い、俺は笑顔を浮かべた。

それでも、桜ちゃんは心配そうに俺の事を見つめている。

「自業自得なのよ」

桜ちゃんが何か言う前に、外を眺めていた桃井が俺のほうを見てそんな事を言ってきた。

その目は完全に俺の事を見下している。

確かに、俺が落ち込むほどの非難の言葉を桃井が言ってきたのは俺が怒らせたからだが、元をたどれば最初に喧嘩を売ってきたのは桃井のほうだ。

だから言い返してやりたいが、今は先程までとは違い桜ちゃんがいる。

桜ちゃんにとっていいお兄ちゃんでいたい俺は、桃井に言い返したい気持ちをグッと堪えた。

何も言い返さない俺に対して、桃井は勝ち誇った笑顔を向けてくる。

正直言って凄くムカつく。

絶対いつか泣かしてやろうと俺は思った。

「お兄ちゃんは大人だね」

俺の顔を覗き込むようにしてジーッと見ていた桜ちゃんが、笑顔を向けてきた。

桃井からの俺の評価は最低だが、どうやら桜ちゃんからの評価は高いみたいだ。

大人と思われる要素は全くなかったと思うが、桜ちゃんは心から思っていてくれてるみたいで、その言葉が素直に嬉しかった。

それに桜ちゃんの笑顔を見ていると、桃井に対する怒りなんてどうでもよくなってきた。

可愛い笑顔を向けられた俺は、桜ちゃんに笑顔を返すとこれ以上桃井を見ないように窓の外を見た。

すると、俺たちのやりとりを黙って聞いていた父さんたちが、ホッと安堵《あんど》の溜息《ためいき》を漏らしたのが聞こえてきた。

家族になった当日に息子と娘が言い合いを始めてしまえば、それも当然の事か。

父さんたちに心配をかけないようにしないとな……。

桃井と言い合いをするのは、二人っきりの時だけにしようと俺は思うのだった。

——俺が外を眺め始めてから十分ほど経った頃、目的のお店に着いた。

俺たちが来たのは、一般的なファミリーレストラン。

所謂《いわゆる》ファミレスという奴だ。

今日は特別な日という事で外食する事になったのだが、高級レストランを選ぼうとした父さんに対して、香苗さんが普通のファミレスでいいと言ったのだ。

普通の家族になりたいから、特別扱いみたいなのは嫌だという事らしい。

その事については皆同感だったので、ファミレスに来たというわけだ。

父さんを先頭に、俺たちはファミレスの中に入っていく。

案内されたのは六人席。

父さんと香苗さんが向かい合うように座り、香苗さんの横に桜ちゃんが座った。

必然空いてる席の関係上から、桜ちゃんの横に桃井が座り、俺は父さんの席から一つ空けた席に座った。

当然、向かい側にいるのは桃井だ。

本当なら桃井を避けるために桜ちゃんの向かい側の席に座りたかったが、明らかに桃井を避ける態度を見せるとまた父さんたちに心配をかけてしまうと思い、俺は我慢して桃井の前に座ったというわけだ。

そんな俺に対して桃井はギロッと睨んでくるが、俺は素知らぬふりをした。

ここで桃井と目を合わせてしまえば、絶対に桃井が喧嘩を売ってくると思ったからだ。

……目が合うだけで喧嘩を売ってくるとか、優等生の皮を被《かぶ》った不良かよ。

俺は心の中で桃井の事をそう評する。

桃井は俺が表立って相手をしようとしないからか、何も言ってこなかった。

その代わり、責めるような視線も緩まる事はなかったが……。

俺たちはメニューを開き、注文する料理を選んだ。

俺が選んだのは、チーズがのってるチキンステーキのライスセット。

父さんは、サイコロステーキのライスセットで、香苗さんはハンバーグのライスセットにした。

そして桜ちゃんと桃井は二人仲良くシーフードドリアを選択。

注文してから少しして、順に料理が運ばれてくる。

全員の料理が揃《そろ》うと俺たちは両手を合わせて『いただきます』をし、自分たちの料理へと手を付けた。


「――はふ、はふ」

俺がチキンステーキを切り分けていると、ドリアが熱かったのか桜ちゃんが口をハフハフと開閉していた。

そしてそのまま、小さい口でモグモグと食べ始める。

口に含んだドリアをゴックンと飲み込むと、味が気に入ったのか桜ちゃんは幸せそうな笑顔を浮かべた。

どうしよう……桜ちゃんが可愛すぎるんだけど。

幸せそうに食事をする桜ちゃんから、俺は目が離せなくなっていた。

だが、向かい側から視線を感じ、俺は前を向いた。

すると、不機嫌そうな表情をする桃井が、白い目で俺の事をジーッと睨んでいた。

「人の妹を変な目で見ないでくれるかしら？」

俺と目が合うと、桃井は俺が桜ちゃんを見ていた事を咎《とが》めてきた。

大切な妹を見られている事が気に入らなかったんだろうが、別に変な目で見ていたわけじゃない。

ただ、可愛いなっと思って見ていただけだ。

……あ、確かにその見方って、見ようによっては変な目で見ているように見えるかもしれない……。

おっさんが幼女とかを見て可愛いと和んでいたら、不審者扱いされたというのはよく聞くしな……。

しかし、俺の目は前髪で隠れていて桃井からは見えないから、まず間違いなく因縁を吹っ掛けられただけだろう。

どうしてこの女は一々突っかかってくるんだろうか。

もしかしていつもみんなに囲まれてるせいで、かまってちゃんになっているのか？

俺はお前なんかに興味ないのに。

……まぁそれは冗談として、ただ単に俺の事が目障りで仕方ないのだろう。

既に学園で圧倒的な人気を誇る桃井に対して、俺はボッチのオタクでしかないからな。

……自分で言ってて悲しくなってきた。

「美味《おい》しそうに食べてるなって思っただけで、邪《よこしま》な気持ちなんてないさ」

本当は言い返してやりたかったが、父さんたちの手前俺はまた我慢した。

「お兄ちゃんも食べますか？」

俺の言葉を聞いてドリアを食べたがっていると勘違いしたのか、桃井が何か言う前に桜ちゃんがスプーンでドリアをすくって差し出してきた。

漫画などで定番の『あ～ん』状態である。

「桜⁉　そんな事したらだめ！」

すかさず、桃井が桜ちゃんの腕を掴んでやめさせた。

桜ちゃんは不満そうに桃井の事を見上げる。

恥ずかしいから受け入れるつもりはなかったが、何もそこまで全力で阻止しなくてもいいのに。

「桜はすっかり海斗君に懐いちゃったわね～」

俺に対して『あ～ん』をしようとした桜ちゃんの事を見て、香苗さんが呑気《のんき》な声で嬉しそうに呟いた。

香苗さんの言葉を聞いた桃井は、またギロッと俺の事を睨んでくる。

別に俺は何も悪い事なんてしていないのに……。

というか、桜ちゃんなんでもう俺に懐いてるの？

この前初めて会っただけで、会話も少ししかしてないはずだよな……？

俺は妙に懐いてる様子を見せる桜ちゃんに疑問を持ちながらも、これ以上桃井に絡まれないよう食事を進める事にするのだった。

第三章　義妹《いもうと》が懐くわけ

現在の俺はコミュ障であり、ラノベ、ゲーム（ちょっと特殊な）、アニメが大好きの所謂《いわゆる》オタクだ。

しかし俺の趣味はそれだけじゃなく、プログラミング——プログラムを作る事も趣味にしている。

だが——元々俺はこんなんではなかった。

俺がこんなふうになったのは、中学二年生の時だ。

当時の俺には、好きな女の子がいた。

彼女とは中学で知り合い、すぐに仲良くなった。

あの時の俺は、今の俺からは考えられないくらい、クラスの中心にいる存在だった。

朝登校すれば、クラスメイトたちに声を掛けられ他愛もない話をしていたし、放課後には友達とゲーセンに行ったり、ボウリングをしたりしていた。

そんな俺が女の子と仲良くなるのは、そこまで難しくなかった。

彼女と話すようになったのは、数学を教えてほしいと頼まれたのがきっかけだった。

別にあの時の俺が、勉強が出来ていたわけではない。

今と変わらず、テスト勉強などした事がなかった。

ただ、そんな俺にも唯一の得意分野があった。

それが、数学だ。

これは今も変わらないのだが、授業さえ受けていれば数学は大抵満点だった。

だからあの時、彼女に頼られたのだろう。

正直言って、人に勉強を教えるなどどうしたらいいかわからず、最初は断った。

しかし、人懐っこい笑顔と押しの強かった彼女に何度もお願いされて、結局教えるようになったのだ。

最初は中々点数が上がらず——というより、何がわからないのか俺が理解出来なかったせいで、上手《うま》くいかなかった。

それでも段々とやり方がわかってきて、彼女は高得点をとるようになった。

その頃から、俺たちは二人っきりでよく遊ぶようになっていた。

正直あの時の俺は、この時両想いだと思っていた。

告白すれば、付き合えるんじゃないかと。

だが——結果は見事に玉砕。

それどころか、告白した時に彼女に泣かれてしまったのだ。

泣かれながら、振られた。

そしてその一週間後、何も言わずに彼女は転校してしまった。

あの時泣いていた事からも、俺のせいで彼女は転校したのだろう。

しかし……この時の俺は彼女に対する罪悪感を抱えていたが、今のようになっていたわけではない。

ただ……そうはいっても、俺の心に余裕はなくなっていた……。

だから、あの時の俺はクラスメイトの軽口を流せずに、あんな事件を起こしてしまったのだ——。

◆

今から約三年前——

「しっかし、残念だったな神崎《かんざき》～。愛《いと》しの彼女が転校してしまってよ～」

「は？　あいつは俺の彼女じゃねぇよ」

俺は目の前でニヤニヤしている、クラスメイトの桐山《きりやま》たち三人組を睨《にら》む。

こいつらは俺の事が気に入らないのか、何かと突っかかってくる節がある。

大方、俺が仲良くしていた女の子――小鳥居春花《ことりいはるか》が転校して、落ち込んでいる俺にちょっかいを掛けてきたのだろう。

「おいおい、あれだけ一緒にいて彼女じゃなかったのか？　あぁ、あれか、遊びの関係だったってやつか？」

「あぁ、小鳥居って凄《すご》く可愛《かわい》かったけど、男好きそうだったもんな～」

「そうそう、如何《いか》にも軽そうな女って感じだよな」

桐山の言葉に同調するように、他の二人が春花の事を馬鹿にする。

これは、俺に対する挑発だとわかっていた。

わざと春花の事を馬鹿にし、俺が怒るように仕向けているのだ。

桐山は、いつもこうして俺に喧嘩《けんか》を売ってくる。

普段の俺ならば大して取り合わず、受け流していたところだが――

「……もう一度言ってみろ」

――今の俺はその言葉を受け流せず、その挑発に乗ってしまった。

「ハハ、何度でも言ってやるよ！　小鳥居春花は男好きのビッチやろうってな！」

「――っ！」

俺は桐山が春花の事を馬鹿にした瞬間、思いっ切り顔面を殴り飛ばした。

「いってぇ――！」

「だ、大丈夫かキリちゃん！」

桐山の金魚の糞《ふん》が、廊下の手すりにぶつかり蹲《うずくま》っている桐山へと駆け寄る。

「か、海斗《かいと》、落ち着け！」

「だめ、神崎君！　こんな奴《やつ》ほっときなよ！」

俺の行動に驚いた友人たちが、俺を止めに来た。

「どけよ」

俺は友人たちを振り払うと、桐山へと歩を進める。

歩み寄る俺に対して桐山がニヤッと笑い、その笑顔が俺の神経を逆撫《さかな》でした。

――その後の事は、よく覚えていない。

気が付けば、桐山が二階の廊下から庭に落ちていた。

実際は、揉《も》み合《あ》った際に俺を突き落とそうとした桐山が、俺が躱《かわ》した事により勢いが止まらず勝手に落ちたそうだが――学校内には、俺が二階から同級生を突き落としたという噂《うわさ》が流れた。

もちろん、俺たちのやりとりを一部始終見ていた生徒や、友人は俺の事を庇《かば》ってくれた。

しかし、二階から落ちた桐山が入院したという事実により、噂は広まる一方だった。

おそらく、桐山の連れとかが吹聴していたのだろう。

噂はいつの間にか俺のいる学校だけではなく、他校にも広がり、次第には街の人間にも広まっていた。

そして街を歩く俺に対して向けられる目は、気持ち悪いものとなっていった。

その視線に耐えられなくなった俺は外に出るのをやめ、段々と学校を休むようにもなった。

他人の視線が怖くなった俺は人と関わる事も怖くなり、結果コミュ障となって二次元の世界に逃げた。

そんな俺を見かねた父さんは、結構大きかった病院を辞めて今の家へと引っ越しをしてくれたのだ。

結局あれ以来俺は今のような性格になってしまったが、俺のためにわざわざ出世の道を断ち、自分で病院を経営して夜遅くまで働いてくれている父さんには、本当に感謝している……。

◆

朝ご飯を作るために下の階に降りると、何やらいい匂いが漂っていた。

あれ？

今日は父さんがご飯を作ってくれているのか？

俺は疑問に思いながら、リビングのドアを開けた。

すると——

「あ、おはようお兄ちゃん」

そう言って、エプロンを着けたロリ系美少女が、笑顔を向けてくれた。

あ、そうか……。

昨日から新しい家族が出来たんだった……。

「おはよう、桜《さくら》ちゃん」

俺も挨拶を返しながら、エプロン姿の桜ちゃんを見る。

朝起きたらこんな可愛い子に笑顔で挨拶されただけじゃなく、お兄ちゃん呼びもしてもらえた。

これで嬉《うれ》しくない男はいないだろう。

「どうしたの、お兄ちゃん？」

俺がマジマジと桜ちゃんを見てたせいか、彼女は不思議そうに俺のほうを見ていた。

「いや……桜ちゃんがご飯作ってくれてたんだね」

「うん！　桃井《ももい》家の家事担当は桜だったから、今日も作ってるの！」

料理担当じゃなく、家事担当？

俺はその事に疑問を持ったが、目の前でニコニコしている可愛い義妹を見ていると、そんな事どうでもよくなった。

それよりも、彼女の手伝いをしたほうがいいだろう。

「そっか、何か手伝おうか？」

「え？　お兄ちゃん、料理出来るの？」

桜ちゃんは首を傾《かし》げながら、不思議そうに俺の顔を見上げている。

俺が料理出来るとは思っていなかったのだろう。

まぁ、料理が出来ない男子は多いからな。

だが、俺の家は父さんと俺しかいなかったから、仕事をしてくれている父さんの代わりに、俺が家事をこなしていた。

だから、俺も料理が出来るのだ。

「あぁ、神崎家の家事は俺がしてたから、多少なら出来るよ」

「そうなんだ！　だったら、一緒に……あ、ごめんね……。もうほとんど出来てるから、してもらう事がないの」

一瞬目を輝かせた桜ちゃんは、すぐに顔を曇らせた。
「それは残念だな……。それなら、今日の晩ご飯を一緒に作らないか？」
「あ、うん！　桜もお兄ちゃんと一緒に料理してみたい！」
そう言って、はにかむような笑顔を向けてくれる。
こちらも必然と頰が緩んでしまった。
本当に桜ちゃんは可愛い子だなぁ……。
……あれ？
これって、桜ちゃんの手料理を食べられるんだよね？
え、という事は――人生初の、女の子の手料理を食べるって事⁉
まさかこんなに早く、女の子の手料理を食べられるようになろうとは！
昨日から幸運続きだな！
こんなに幸運が続くなんて、もしかして俺今日死ぬの⁉
……いや、幸運続きじゃねぇわ。
バッチリ昨日、地獄に叩《たた》き落《お》とされたじゃねーか。
その後も一々突っかかってきてたし……。
はぁ……今日もあの女と顔を合わせると考えると、気が重いな……。
とりあえず、今は桜ちゃんに癒《いや》されよう。

「そういえば、敬語やめたんだ？」

俺は先程から気になっていた事を、桜ちゃんに尋ねてみる。

確か昨日までは、敬語で俺に話しかけてきていたはずだ。

「あ、そっちのほうが家族っぽいなって思って……だめ、かな？」

桜ちゃんは俺の顔色を窺《うかが》うように、上目遣いで見上げてきた。

「いやいや、俺もそっちのほうが嬉しいよ！」

「本当⁉ やったー！」

そう言って、桜ちゃんは嬉しそうに料理を再開した。

一々反応が可愛いなぁ。

これがあんな冷徹女の妹だなんて、信じられない。

桜ちゃんの爪の垢《あか》でも、今度こっそり桃井の料理に入れておくか？


……バレたら殺されそうだな……。


しかし、桜ちゃんと二人っきりか……。

嬉しい反面、少し緊張してしまう。

いくら義妹になったとはいえ、さすがあの学校一のモテ女の妹っていう感じか。

桜ちゃんは半端じゃないほどの美少女なのだ。

そんな子と二人っきりとなれば、やはり緊張してしまうだろう。

父さんたちは、多分まだ起きてこないだろうな。

夜遅くまで働く父さんは、大抵俺が学園に行く頃起きてくる。

父さんの病院で働く香苗《かなえ》さんも、多分生活サイクルが同じなのだろう。

俺が考え事をしていると、桃井が起きてきた。

「――おはよう、桜」

相変わらず、見た目がバッチリと決まっている。

もう既に制服も着ていた。

生徒会があるから、早めに家を出るのか？

あぁ、だから桜ちゃんはこんなに早く、ご飯を作っていたのか。

俺が朝ご飯を作るために起きてきた時、桜ちゃんの料理は既にほとんど出来上がっていた。

それは俺たちが学園に行く時間に合わせて作るには、少し早いという事だ。

つまり、桜ちゃんは桃井のためにかなり早く起きているのだ。

やっぱり、いい子だよな……。

なんで桜ちゃんみたいな子が、桃井の妹なんだろう？

あれか、桃井が性格の悪い部分を全て持って行ったから、桜ちゃんみたいに純粋で優しい子が生まれたのか。

うん、そうに違いないな。

「……何？」

「え？」

「いや、私のほうをずっと見てて、気持ち悪いんだけど？」

どうやら俺は考え事をしていたせいで、桃井の事をジッと見ていたようだ。

まぁ、それは気持ち悪いと言われても仕方ないか……。

――いや、ちょっと待て！

気持ち悪いはさすがにないだろ！

「お前ってなんでそんなに毒舌なの？　桜ちゃんみたいに優しく出来ないわけ？」

昨日からムカついている俺は、桃井に苦言を述べる。

「は？　優しくしてほしいんだったら、それ相応の人間になりなさいよ」

「それ相応ってどういう人間だよ？」

「そうね……見た目は美少年で、学力が私より上なら問題ないわ。あ、お金持ちとか、運動が出来るとか、そういうステータスはいらないから」

思ったよりは無茶苦茶ではないが――無理だ。

まず、美少年ってとこで無理だろう。

勉強は……数学なら桃井に勝てるかもしれないが、他の教科は惨敗する気しかしない。

無茶苦茶を言っていない事から、こいつが考える本気のボーダーラインなんだろうな。

俺はふと、学園の面々を思い浮かべる。

——あ、こいつが言うような奴、一人もいないわ。

無駄にスペックが高い奴らは集まるが、その中に美少年で桃井より成績がいいという奴は記憶にない。

まぁマンモス校だから、先輩などには本当はいるのかもしれないが……。

しかし、だからこいつは学園で冷徹と呼ばれているのだろうか？

だが、普通そんなボーダーラインとかを決めて、人に優しくするかどうか決める人間はいないだろう。

つまり、こいつが酷《ひど》い性格をしている事に変わりない。

「というか、あなた前髪切ったら？」

桃井は目を細めて、俺の顔を見ていた。

「……なんで、お前にそんな事言われないといけないんだよ？」

「前髪が長すぎて、まず目が見えない。あなたのお父さんがあんなにイケメンなんだから、それで多少マシになるんじゃないの？」

そういえばこいつ、父さんには礼儀正しく挨拶していたな？

え、あれってそういう事？

父さんがイケメンだったから、礼儀正しくしていたの？

これから家族になる、大黒柱だったからとかじゃなく？

それに多分、父さんの学力というか、頭脳は桃井から見て合格なのだろう。

父さんは医者だ。だから、問題ないと判断しているのだろう。

医者になる人間は頭がいいというのが、一般常識だ。

いや、もしかしたら例外はいるのかもしれないが……。

ちなみに——香苗さんは、父さんが経営する病院のナースらしい。

二人が仲良くなったのはそういう事だ。

……まぁ、元々知り合いではあったらしいが……。

「はっ、父さんがイケメンだからって、子供もイケメンとは限らないだろ？」

「ええ、その通りね。特にあなたがイケメンのはずがないわ。ねぇ、ボッチ君？」

……この女、マジで泣かす！

「お姉ちゃん、そろそろ食べないと生徒会遅れるよ？」

俺たちが言い合いをしていると、困ったような表情をしながら、桜ちゃんがこちらを見ていた。

「あなたのせいで、無駄な時間を過ごしちゃったじゃない。桜、今行くわ」

桃井は俺のほうを睨んで、そのまま台所の椅子に座った。

……なんで俺が文句言われたんだ？

因縁吹っ掛けてきたの、あっちじゃなかったか？

――本当、ムカつく女だな！

だが、ここで俺は声を荒げたりしない。

そんな事をすれば、桜ちゃんに怯《おび》えられてしまう。

桃井の事はどうでもいいが、桜ちゃんに嫌われるのは避けたかった。

「お兄ちゃん、一緒にご飯食べよ？」

桜ちゃんはわざわざ俺のとこにまで来て、ニコッと微笑《ほほえ》んでくれた。

本当に、なんていい子だ。

桃井に傷つけられた心は、桜ちゃんの笑顔に癒されるのだった――。

◆

「お兄ちゃん、待って〜！」

俺が玄関で靴を履いていると、制服に着替えた桜ちゃんが駆け寄ってきた。

「ん？　どうかした？」

「えぇー……。折角同じお家《うち》から通うんだから、一緒に行きたかったのに……」

「あー……俺も一緒に行きたいけど、桜ちゃんが学園で変な事言われるかもしれないだろ？」

実を言えば、俺も一緒に桜ちゃんと登校したかった。

妹と一緒に学園へ行けるとか、それだけで幸せだろうに……。

しかし、俺と一緒に登校すれば、桜ちゃんが嫌な思いをするかもしれない。

だから、俺は一人で先に行こうとしていた。

「え？　どうして？」

桜ちゃんは俺の言っている意味がわからなかったのか、不思議そうに首を傾げている。

これって、俺が説明しないといけないの？

普通、察してくれるものじゃないのかな？

「いや……その……」

どう言えばいいんだ？

いや、男女が一緒に歩いていたら、付き合っているって噂が流れるかもしれないって言えばいいんだろうが……。

普通の奴が言うならともかく、俺みたいなオタクがそんな事言えば、気持ち悪いって思われるんじゃないか？

『え、もしかして、桜とつり合っているように見えると思ってるの？』とか言われたら、ショックで立ち上がれない。

まぁ、桜ちゃんがそんな事を言うとは思えないが……。

「ねぇ、一緒に行こ？」

桜ちゃんは俺の事を無邪気な瞳で見上げてくる。

可愛い……。

ハッ――そうじゃない。

ここは桜ちゃんに変な噂が立たないように、断るべきだろう。

うぅ……言うしかないか……。

「あのな、二人の男女が一緒に歩いていたら、付き合っているって学園で言われるかもしれないだろ？」

俺の言葉に、桜ちゃんはキョトンっとする。

「桜たち、兄妹《きょうだい》だよって言ったらいいんじゃないのかな？」

「それはやめてくれ。そんな事すれば、必然的に桃井と俺も姉弟という事になり、俺があいつに殺されてしまう」

殺されるは言いすぎだが、半殺しぐらいにはされるかもしれない……。

「うーん、そうなんだ……。だったら、別にお兄ちゃんと噂されてもいいよ？　そんな事気にするより、お兄ちゃんと一緒に登校したいから」

そう言って、桜ちゃんはニコッとした。

ねぇ、昨日から思ってたんだけど、この子なんで俺にこんなに懐いてるの？

いや、嬉しいからいいんだけど……もしかして、あの時図書室に連れて行ってあげたから？

もしそうなら、この子チョロすぎないか？

いや、ここは純粋と言ってあげるべきか……。

まぁ、機会があったら一度聞いてみるか。

今日は桜ちゃんがいいって言うんだったら、一緒に登校する事にしよう。

「じゃあ、一緒に行こうか……？」

俺がちょっとどもりながら聞くと――

「うん！」

——桜ちゃんは嬉しそうに、頷《うなず》いてくれるのだった。

◆

「ねぇ、あの子可愛くない？」

昼休み——急にクラスの女子が、そんな事を言い出した。

「あ、本当だ！　小《ち》っちゃくて可愛いのに、顔も凄く可愛いね！　……なのに胸が私より遥《はる》かに大きいなんて、おかしいよ！」

「あれはパッド、パッドに決まってるわ！」

なんだか、胸が大きい子に嫉妬している女子たちの馬鹿げた声が聞こえてくる。

「おい、あれ一年の子だろ？　なんで二年のクラスに来てるんだ？　もしかして、俺に告白しに来たのか⁉」

「いや、俺に告白しに来てくれたんじゃないか⁉」

「いや、俺だ！」

「いやいや、お前らみたいなゴツイだけが取り柄の奴らに、あんな可愛い子が来るはずないだろう？　つまり、僕に告白をしに来てくれたのだ！」

……なんか女子よりも、男子のほうが馬鹿な事を言っていた。

お前ら、面識がないはずなのになんで自分に告白しに来たと思うんだよ。

まぁ、俺には関係ないからいいが……。

とりあえず、なんだか前のドアは混雑しているみたいだから、後ろのドアから食堂に行こう。

俺が教室を出るためにドアに向かっていると――

「あ、あの……神崎先輩はいらっしゃいますか……？」と言う、可愛い声が聞こえてきた。

え？

今、俺の名前が呼ばれた？

「神崎……？」

「え、神崎ってあの神崎？」

「いつもクラスの隅にいる、ボッチの神崎？」

おい……確かにその通りだけど、最後の奴酷くないか？

いくら事実とはいえ、その名で呼ぶな……。

しかし……俺に用事ってどんな子だろうか？

俺が前のドアのほうを見ると、その子も俺に気付いたみたいだ。

「あっ！　すみません、通してください！」

そんな声が聞こえたと思ったら、小さい影が人混みの中から飛び出してきた。

あ、この子は――。

「おにい……神崎先輩、こんにちは」

その言葉と共に現れたのは、綺麗《きれい》な黒髪を左右に結んだショートツインテールの女の子。

小さい影の正体は、桜ちゃんだった――。

◆

「いきなりビックリしたよ」

俺は隣を歩く、自分よりかなり小さい女の子を見る。

その子はニコニコ笑顔で俺の横を歩いていた。

そしてトレードマークのショートツインテールがピョンピョンと跳ねているように見え、凄く可愛いと思った。

「えへへ、だってお兄ちゃんと一緒にご飯食べたかったもん」


そう言って、俺のほうを見上げてくる。

本当可愛い子だよな……。

それにもしかしたら、昨日あの女が俺に友達がいないと言った事で、気を遣って誘いにきてくれたのかもしれない。

そうだとしたら、あの冷徹女にも感謝しよう。


……いつかは泣かしてやるがな。


「とりあえず、食堂でいいかな？　それとも、購買でパンを買って、何処《どこ》かで食べる？」

俺がそう尋ねると――

「ジャッジャーン！　お弁当だよー！」と、桜ちゃんは後ろ手に持っていた、弁当箱を二つ出してきた。

ずっと、手を後ろに回しているなっと思ったら、そういう事だったのか！

朝ご飯だけでなく、弁当まで作ってもらえるとは凄くありがたい。

俺は手間になるから、弁当までは作らなかった。

桜ちゃんは女子力が高いなー。

「でも、いつの間に作ったんだ？　俺が起きた時に弁当はなかったと思うんだけど？」

「えへへ、お兄ちゃんを驚かせたくて、朝ご飯を作る前に作って、隠してたの」

桜ちゃんは、悪戯《いたずら》が成功したみたいな顔をしている。

可愛い……。

でも、やはり疑問に思う。

なぜこの子は、俺にここまでしてくれるのだろうか？

新しく兄になったからか？

わからない……俺はこの子について知らなすぎる。

まぁそれはそれとして、今はそれ以上に気になる事がある。

「なぁ、あの子可愛くないか⁉」

「本当だな！　……おい、隣のは彼氏か？」

「いやいや、それはないだろ！　あんな可愛い子があんなオタクみたいな奴を選ぶと思うか？」

「ないない！　でも、あんな可愛い子と一緒に歩けるなんて、羨ましいなー」

「本当だよな～。あぁ、あの大きな胸を揉んでみたい……」

……俺たちは今、先程からこのような会話と、嫉妬と羨望が入り混じった視線を向けられていた。

さすがは、あの学校一のモテ女の妹といったところか。

しかし――最後の台詞《せりふ》を言った奴、顔はしっかり覚えたからな？

俺の可愛い義妹を変な目で見た罰として、今度お前のスマホにウイルスを放り込んでやる。

「どうしたの、お兄ちゃん？」

俺がどうやってあの男のスマホにウイルスを送り込んでやろうかと考えていると、桜ちゃんが不思議そうに俺の顔を見上げていた。

「いや、なんでもないよ」

俺はそんな桜ちゃんへ誤魔化すように、笑いかけた。

しかし……この子は俺の雰囲気を敏感に感じとっているのか、すぐに反応してくるな。

もしかして、案外抜け目がないのか？

それにこれだけ視線を向けられていて、全く気にした様子を見せない。

自分が見られていると思っていないのだろうか？

どちらにせよ、なんだかこの子は大物な気がしてきた……。

「ねぇ、お兄ちゃん。それで、何処で食べるの？」

「あぁ、中庭にでも行こうかなと思っているんだ。あそこならベンチが複数あるから、そこに座って食べよう」

「うん！　……それで、中庭って何処から行けるの？」

そういえば、この子は方向音痴だったな……。

中庭に出るには、昇降口から普通に出ると遠回りになってしまうため、別の道から行かなければならない。

この子が一人で辿《たど》り着《つ》けるとは、思えないな……。

ん？

そういえば、この子はよく俺のクラスに辿り着けたな。

「なぁ桜ちゃん、俺のクラスに迷わずに来れたのか？」

俺が尋ねると、桜ちゃんは頰を膨らませた。

どうやら、拗《す》ねてしまったようだ。

「もぉ……いくら桜でも、階段を一つ下りればいいだけなら間違えないよ！　……二回ほど違うクラスに入っちゃったけど……」

もうそれは、方向音痴というレベルではなくないか？

一度病院で診てもらったほうがいいと思う……。

「そ、そっか、安心したよ」

だけどそんな事言えるはずがなく、俺はそう誤魔化したのだった。

◆

なぜ、こうなった……？

俺は隣でニコニコと食べている、可愛い義妹を見る。

俺が何を疑問に思っているのかというと――

「桜ちゃん……なんで、くっついて食べてるの……？」

――そう、なぜだかわからないが、ベンチに座るなり桜ちゃんは俺にベッタリくっついてきたのだ。

「うん？　だめ、かな……？」

「全然だめじゃないです！」

そんな顔で見られたら、断れるはずがない！

というか、別に嫌だったわけではない。

なら何が問題かというと――緊張しすぎて、弁当がまともに食べれていないという事だ。

コミュ障の俺がこんな可愛い子にくっつかれて、冷静でいられるはずがないだろう！

てか本当この子なんなの⁉

なんでこんなに懐いてきているの⁉

なんか裏がありそうで凄く怖いんだけど⁉

……あれか？

裏で桃井が糸を引いているのか？

純粋な桜ちゃんを使って、俺を陥れようとしているとか？

「どうしたの……？　お弁当、美味《おい》しくなかった……？」

桜ちゃんが、俺のほうを悲しそうに見上げていた。

「あ、ごめん……ちょっと考え事をしてただけなんだ。桜ちゃんの弁当は凄く美味しいよ」

「えへへ……」

俺がそう答えると、桜ちゃんは嬉しそうに微笑んだ。

こんな純粋な子が、そんな事するわけないよな。

俺は一体、何を馬鹿な事を考えているのか……。

「ねぇ、お兄ちゃん。お姉ちゃんと仲が悪いの？」

急に桜ちゃんがそんな事を聞いてきた。

うーん……。

正直に言うと、桜ちゃんを悲しませてしまいそうだし……。

「えっとな……仲が悪いというわけじゃないんだが、距離感をまだ摑《つか》めてないんだよ」

結局、そう誤魔化す事にした。

「そっかぁ……でも、早くお兄ちゃんとお姉ちゃんには仲良くなってほしいなぁ……ね？」

その上目遣いはずるいと思う。

そんなふうにお願いされたら、断れるはずがない。

「うん、わかった。頑張ってみるよ」

俺は笑顔でガッツポーズをする。

桜ちゃんはそんな俺を、微笑んで見ていた。

俺たちはそんな心地いい時間を過ごしていたが——そんな時間は、思いもよらない形で終わる。

「……何をしているのかしら？」

それは、地獄の底から聞こえてきたかのような低い声だった。

俺はおそるおそる後ろを振り返る。

そこに立っていたのは、雪女かと思うほど冷たい目をしている、学校一のモテ女だった。

「も、桃井……？」

「人の大切な妹に、早速手を出しているとはいい度胸ね……？」

桜ちゃん、やっぱり無理だと思うな……。

だってこの女……今にも俺を殺しそうな目をしてるんだもん……。


この後の俺がどうなったかは、ご想像にお任せしよう……。

◆

「あ――お兄ちゃん、お待たせ！」

俺が一年生の教室の近くで待っていると、桜ちゃんが駆け寄ってくる。

昼休みに桜ちゃんが『お兄ちゃん、一緒に帰りたい』と言ってくれた事から、俺たちは一緒に帰る事になった。

ちなみにその事も桃井に怒られるかと思ったら、迷子になられると困るから連れて帰ってくれと言われたのだ。

妹が俺と一緒にいるよりも、迷子になるほうが困るという事らしい。

まぁ、俺としては桜ちゃんと一緒に帰れるので、全く問題がない。

しかし……本音を言えば、こんな目立つ所で待ち合わせはしたくなかった……。

なんせ、先程から一年生の視線が痛いのだ。

それに加えて、一年生の中でかなり目立つであろう桜ちゃんが俺に駆け寄ってきた事により、その視線の鋭さが増した。

あいつら……俺が先輩だという事を忘れているのか、凄い目で睨んできている。

俺は現在動物園で飼育されている猿のような気分だった。

……いや、猿のほうがよっぽどいい眼差《まなざ》しを向けられているな……。

こうなるのがわかっていたから、こんなとこで待ち合わせはしたくなかったんだ……。

しかし、一年生の教室から離れた所を待ち合わせ場所にしてしまうと、前の時みたいに桜ちゃんが迷子になる可能性があった。

だから、仕方なく俺はここで桜ちゃんを待っていたのだ。

……正直言えば、他の場所で待っていればよかったと再度後悔していた。

「――ねぇ、お兄ちゃん。お家に着いたら、お兄ちゃんのお部屋に遊びに行ってもいい？」

「え……？」

学園を出て少しして、桜ちゃんが俺の顔を見上げながら急にそんな事を言い出した。

俺の部屋に？

なんで？

多分見られて困るものはなかったはずだけど……。

——俺はオタクといっても、フィギュアやグッズは集めていなかった。

そういったものには興味がなく、ライトノベル、ゲーム、アニメが大好きなオタクなのだ。

ゲームといっても、シューティングゲームやRPGみたいな普通のゲームはしない。

俺が大好きなゲームとは、エロゲーだった。

エロゲーといっても、所謂抜きゲーというのはした事がない。

シナリオ重視の、ギャルゲーに近い作品を買っているのだ。

……18禁なのは知っています……ごめんなさい……。

元々エロゲーには興味がなかったのだが、ネットで評判を目にしているうちに興味が出てしまい、『一回だけ』と自分の中で言い聞かせて買ってしまったのだ。

その後はご想像の通り、ライトノベル好きの俺だ——ハマらないわけがないだろう……。

まぁそういったゲームは、絶対に見つからないように押し入れの奥にしまっているため、桜ちゃんが部屋に来ても問題ない。

しかし、桜ちゃんを部屋に入れていいのか？

桃井にバレたら、今度こそ殺されてしまうんじゃないだろうか……。

というか、本当なんでこの子こんなにグイグイくるの？

いくらなんでも懐きすぎじゃないか？

本当に裏がありそうで怖いんだが……。

それに今日は終わらせなければいけない作業があるしな。

あれは父さんにも内緒にしているため、ここは断っておくべきだろう。

「ごめん、桜ちゃん。俺やらないといけない事が——」

俺が断ろうとすると、桜ちゃんはシュンっとしてしまった。

なんだか申し訳ない気持ちになってきてしまう。

困ったな……。

今の俺に、この桜ちゃんを放っておくなんて出来るはずがない。

「えと……父さんたちに内緒にしてくれるのと、終わるまで大人しくしててくれるなら、部屋に来てもいいよ？」

「本当⁉」

俺の言葉に、桜ちゃんは嬉しそうに俺の顔を見上げてきた。

「本当に父さんたちには、内緒だからね？」

「うん！」

その後家に着くと、桜ちゃんはすぐに自分の部屋へ服を着替えに行き、十分も経《た》たないうちに俺の部屋に来た。

「ここが、お兄ちゃんのお部屋……！」

なんだか桜ちゃんは目をキラキラさせて、俺の部屋を見回している。

そんなに見られると、普通に恥ずかしいんだが……。

「わぁ……ラノベがこんなに！」

桜ちゃんは俺の本棚を見ると、そこにあるラノベの量に驚いていた。

というか――

「え、桜ちゃんラノベの事知ってるの？」

「おねぇ――友達の子で、ラノベが大好きな子がいるの。それで、たまに見せてもらってるんだよ～」

「へぇ～……じゃあ、好きなのを読んでていいよ。俺はその間に作業を済ませてしまうから」

「作業って？　それにこの隣に一杯あるゴツイ本は、なんの本なの？」

桜ちゃんはキョトンっとした表情で首を傾げながら、俺のほうを見てきた。

「あぁ、ちょっとプログラムを作ってほしいって依頼があってね、それが完成しているから、デバッグっていう確認作業をするんだ。そこにある本たちはプログラミング言語っていう、色々なプログラムを作るために使う言葉みたいなものだよ。ＪａｖａとかＣ言語《シーげんご》ってあるでしょ？　目的に応じて、使う言語が違うんだ」

俺が説明すると、桜ちゃんは俺のほうに尊敬の眼差しみたいなのを向けてきた。

「お兄ちゃん凄いよ！　お姉ちゃんはお兄ちゃんの事を頭悪いって馬鹿にしてたけど、凄く頭いいんだね！」

あの女……俺が知らないとこでそんな事を言っていたのか？

本当、いつか泣かせてやりたい……。

「頭がいいわけじゃないけど……」

「だって、桜にはわからない事だもん！　お兄ちゃん凄いって思う！　今から作業するのもプログラムの事なんだよね？」

「ありがとう……。興味があるなら、横で見とく？」

「うん！」

桜ちゃんは元気よく返事をして、俺の隣に座った。

ただし――昼と同じでくっつくようにだ……。

なんで、この子距離感こんなに近いの？

え、俺が知らないだけで、これが普通なの？

女子って、こんなにくっついて友達と話す感じ？

わからない……ボッチの俺には何が普通なのか、わからなかった。

「でも、どうしてこんな事をしてるの？」

桜ちゃんは不思議そうに俺の事を見てくる。

「えっと、これはバイトみたいなものなんだ。最初は自分のほしいものを買うために始めたんだけど、俺に合ってたみたいで、今は趣味としてやってるんだ。趣味でプログラムを作りながら、それでお金を稼いでる感じかな？　だから、多分そこら辺のサラリーマンたちよりはお金を持ってるよ」

「うわぁ、お兄ちゃんってお金持ちさんなんだ。でも、ほしいものがあったなら、パパに頼んだら良かったんじゃないかな？　パパってお医者さんだから、お金一杯持ってるよね？」

「う～ん……父さんはあまりおこづかいをくれないんだよ。子供のうちから無駄遣いを覚えたらだめだって言うんだ。だから、これも父さんに内緒でしてるから、絶対に言ったらだめだよ？」

「じゃあ、二人だけの秘密だね！」

そう言って、桜ちゃんはニコッと微笑んでくれた。

――それからは俺がデバッグ作業をしている横で、桜ちゃんは目を輝かせながら画面を見ていた。

「ねぇねぇ、これってどういうプログラムなの？」

桜ちゃんが興味深げに聞いてきた。

「これは簡単に言えば、パソコンの動作を速くするアプリだよ。このアプリを一度起動すると、パソコン内のデータを全てこのアプリが読み込んで、いらないデータを削除し、収納型を変えて動作を軽くするんだ。あとは、新たにデータを取り入れた時、瞬時にデータの型を変えるから、通信速度とかも速くなるよ」

「え、えぇと……？」

俺の説明が難しかったみたいで、桜ちゃんはキョトンっとしてしまっている。

「まぁ、イメージとしては、散らばっている服を綺麗にたたんで、押し入れにしまうって感じかな？　それと――例えば重たいものを投げる時力がいるけど、軽いものって力がいらないでしょ？　このアプリは例えるなら、重たいものを軽いものに変換してるんだよ。それを取り入れる時にする事によって、パソコンに負荷がかからなくなり、通信速度が速くなるんだ」

「へ、へぇー、凄いねー！」

「……わからないかな？」

「ごめんなさい、わからないです……」

桜ちゃんはシュンっとしてしまい、俺は笑ってしまった。

そうだよな、知識がないとわかりづらいよな……。

「でも、通信速度が速くなるの羨ましいなぁ……。桜のスマホ、通信速度が凄く遅くて、動作も重たいの……」

そう言って、桜ちゃんはスマホを取り出す。

……その話、最近違うとこで聞いたな。

――あぁ、西条《さいじょう》さんの横にいつもいる、西村《にしむら》という女子が同じ事を言っていたんだ。

彼女は俺みたいなオタクと一緒で、自分の好きなものや気に入ったものを友達に布教する癖があるため、彼女の事は覚えていた。

その彼女が、自分のスマホの動作が重いから困ってるって言っていたのだ。

俺がその会話の内容を知っていた理由は、別に聞き耳を立てていたわけではない。

彼女たちがその話をしだす前に話していた内容が気になったからだ。


『桃井がウザイ』


それを言ったのは、西条さんだった。

その意見には同意なのだが、あの時の西条さんの雰囲気は怖かった。

相当桃井に恨みを持っているようだ。

だから、その時の会話が俺の記憶にも残っていた。

「──よし、デバッグ完了！　後はＣＤに焼いて提出するだけだ！」

俺がそう言って、ＣＤに焼く準備を始めると──

「お疲れ様、お兄ちゃん。はい、これでも飲んで休んでね」と、桜ちゃんが冷たいお茶を持ってきてくれた。

気が利く子だな……。

なんだか、今日はずっと桜ちゃんに尽くしてもらってる気がする。

なにかお返しは出来ないかな？

――そうだ！

「ありがとう桜ちゃん。そういえばさっき、スマホの動作が遅いって言ってたよね？」

「え？　うん、そうだけど……」

「ちょっとだけ待っててくれるかな？　このアプリをスマホ用に作り直すから」

「え、いいの⁉」

「うん、だからちょっと待ってて」

俺は焼いたCDをケースにしまい、すぐにコードを書き直し始める。

仕事によっては守秘義務などの契約もなされるのだが、今回の依頼はただの自社システムに使うものだったため、そういう制約はなかった。

それに他での使用も禁止されていないため、こちらで好きに使っていいものなのだ。

それから二時間後――

「はい、これでスマホの動作が速くなるはずだよ」

俺はそう言って、借りていた桜ちゃんのスマホを桜ちゃんに返す。

すると、桜ちゃんはすぐにスマホを使い始めた。

「本当だ！　凄い凄い！　スイスイ動くよ、お兄ちゃん！」

そう言う桜ちゃんの顔は、新しい玩具《おもちゃ》を買ってもらえた子供みたいな表情をしている。

「ハハ、喜んでもらえて良かったよ」

ふぅ……さすがに疲れたな。

桜ちゃんを待たせたら悪いと思い、超特急で作り直したため、肩が凝ってしまった。

とはいえ、デバッグなどで手を抜いたりはしていない。

そんな事をしてバグが起こってしまえば、桜ちゃんを泣かせてしまう。

だから、その辺は丁寧に確認しておいた。

「えへへ、お兄ちゃん、ありがとう！」

桜ちゃんはニコニコしながら、スマホを両手で握っていた。

今ならあの事を聞いても大丈夫かな……？

ストレートに聞くのは怖いから、ちょっと遠回しで聞いてみよう。

「ねぇ桜ちゃん。桜ちゃんが、俺の義妹になってからずっと傍《そば》にいてくれてるのは、桃井が俺の事を友達がいないって言ったせいで、気を遣ってくれてるのか？」

俺がそう尋ねると、桜ちゃんは一瞬キョトンっとした後、ゆっくりと首を横に振った。

「ううん、違うよ。桜がお兄ちゃんと一緒にいたいからだよ」

『一緒にいたいから』か……。

そう言われるのは嬉しいが、俺には理解出来なかった。

「俺たちって出会ったばかりだよね？　どうして、そんなに俺の事を気に入ってくれてるの？」

桜ちゃんは俺の問いに、一瞬寂しそうな表情をした。

なんでだろう？

「やっぱり、お兄ちゃんは覚えてないよね……。ちょっと待ってて」

そう言って、桜ちゃんは俺の部屋を出ていった。

しかし、彼女はすぐ戻ってきた。

「はい、これがヒント！」

そう言って彼女が差し出したのは、俺の中学二年生時代の写真だった。

……は⁉

「え、なんで桜ちゃんがそれを持ってるの⁉」

「昨日、パパにお願いしてアルバムを出してもらって、一枚だけもらったの」

桜ちゃんは大事そうに俺の写真を持ちながら、ニコニコとしていた。

父さん、一体何をしてくれてるんだ……。

そういえば、昨日何か二人でコソコソしてたな……。

「でも、これがヒント……？　俺が中二の時に桜ちゃんに出会ってたって事？」

俺の問いに、桜ちゃんは肯定も否定もしない。

ジッと、俺の顔を見ていた。

俺に答えてほしいって事なんだろうな……。

しかし、中学二年生の時に桜ちゃんと会った事があるのか？

俺と桃井は中学が違った。

だから、必然的に桜ちゃんとも違う学校だったはずだ。

…………だめだ、思い出せない……。

「ごめん桜ちゃん。思い出せないや」

俺がそう言うと、桜ちゃんはショートツインテールにしている自分の髪を解《ほど》き始めた。

そして――

「じゃあ、これが最後のヒント！　『行きたい駅に着かないの……』」

――そう言って目をうるませながら、俺のほうを見上げてきた。

「――っ！」

その行動と台詞により、俺の頭にある光景がフラッシュバックした。

それは、電車の中で泣きそうになりながら俺のほうを見上げている少女の姿。

まさか――

「あの行きたい方面と真逆の電車に乗ってた女の子って……桜ちゃんだったの……？」

桜ちゃんは嬉しそうに、俺の問いに頷いた。


「やっと会えたね、お兄ちゃん！」

そう言う桜ちゃんの笑顔は、俺の記憶にある、行きたい駅に着いた時にお礼を言ってくれた、あの時の可愛い少女の笑顔と重なったのだった――。

◆

「ハハ、こんな偶然ってありか。そうかぁ、あの時の子って桜ちゃんだったのかー」

俺はあまりの衝撃に、鼓動が高鳴っていた。

こんな偶然、最早《もはや》奇跡としか思えなかった。

「いつから気が付いていたんだ？」

俺がそう聞くと、桜ちゃんは笑顔で楽しそうに――

「かーいーと」と、俺の名前を呼んだのだった。

「え？」

「あの電車の中でね、お兄ちゃんの友達が『カイト』ってお兄ちゃんの事を呼んでたから、お兄ちゃんの名前を憶《おぼ》えていたの。図書室に連れて行ってもらってる時に、なんか口調や雰囲気が似てるなって思ったんだけど、目が前髪で見えなくて、パッと見も別人みたいだったから、『あの時のお兄ちゃんに雰囲気が似てるから話しやすいけど、別人だよね？』って、思ってたの。でも、この家に初めて来た時お兄ちゃんの顔が一瞬きちんと見えて、名前を聞いた時に『あの時のお兄ちゃんだ！』って思ったんだ〜。でも、違ったら困るから念のために、パパにお願いしてアルバムを見せてもらったの！」

そう言って、桜ちゃんはニコニコしながら、足をブラブラとさせていた。

「じゃあ、桜ちゃんが俺に懐いてくれてたのは、昔の事があったから？」

「うん、そうだよ！」

なんだ、そういう事か……。

懐かれるのが怖いとか思ってた自分が、馬鹿みたいだ。

彼女は純粋に俺に懐いてくれていたのだ。

しかし、あの時の女の子は身長や幼さから、三つか四つ年下だと思っていたのに、まさか歳《とし》が一つしか違わない桜ちゃんだったとは……。

まぁ、本人に言ったらショックを受けるだろうから言わないけど。

「それにしても、お兄ちゃんの見た目が変わりすぎててビックリしたよ～……。お姉ちゃんも言ってたけど、髪切ったりしないの～？」

「あぁー……うん。今はこれがいいんだ」

「そっか～……」

桜ちゃんはちょっと残念そうにはしたが、それ以上何も言ってこなかった。

俺が前髪を伸ばしているのには、わけがある。

こうしていると、前髪が邪魔で人の目が見えづらいため、視線が少しだけ気にならなくなるのだ。

中二の時の出来事以来、俺は前髪で自分の目を隠していた。

「――そういえばお兄ちゃん、あれだけ頭がいいんだったら、学園のテストでもお姉ちゃんと競ってるの？」

桜ちゃんは気まずい雰囲気を変えるためか、別の話題を振ってきた。

だが、テストの話か……。

俺にとっては耳が痛い話だった。

「いいや、俺は数学以外は平均点をとるのがやっとくらいなんだ。今までテスト勉強なんかした事がないから、桃井の足元にも及ばないよ」

「そうなの？」

桜ちゃんは不思議そうに、キョトンっとしていた。

「えっと、ごめんな、情けない兄で……」

俺は申し訳なくなり、そう謝る。

「あ、違うよ！　そう思ってたわけじゃなくて、意外だな～って思ったの！　だって、『これだけプログラムの本を持ってるって事は、勉強熱心なのかな？』って思ったから……」

あぁ、なるほど。

彼女はそういうタイプの人間か。

まぁあの桃井の妹だし、そりゃあそうだよな……。

「えっと、そうだね……ちょっと真面目な話をするけど、桜ちゃんは学園の勉強は好きかな？」

「え？　え、えっと……正直言えば、あんまり好きじゃないかな……」

そう言って、桜ちゃんは俺からソッと目を背ける。

別に責めてるわけじゃないんだが……。

「じゃあ、どうして桜ちゃんは勉強をするのかな？」

「それは、お勉強が大切だからだよ？」

桜ちゃんは、また不思議そうに俺の事を見てきた。

彼女が不思議そうにしているところをよく見るのだが、俺の考えはそれほど彼女にとっては珍しいのだろうか……？

まぁ、自分の考え方が変わってる事は、俺が一番知っているか……。

「そうだね、学校で習う勉強はとても大切なものだと思う。でも――それが全員にとって大切というわけじゃないんだ」

「え？　お勉強はみんなにとって大切だよ？」

「ううん、違うよ。桜ちゃんには夢があるかな？」

「え……」

俺の突然の問いに、桜ちゃんは恥ずかしそうに俺のほうをチラチラと見ていた。

「言えないかな……？」

「えっと、およめ……さん……」

桜ちゃんはモジモジしながら、恥ずかしそうに答えた。

……………ちょっと待って。

今俺、凄く真面目な話をしているんだ……。

そして、桜ちゃんが真面目にそう答えたのもわかる。

わかるが――そんな表情でそんな可愛い事言われたら、俺の顔がにやけてしまう！

待って、この子可愛すぎる！

やばいって、俺もう真面目な雰囲気保てないよ！

「コホンっ――！　それは、素敵な夢だね。でも、将来なりたい職業はないのかな？」

俺がそう問いかけると、桜ちゃんの顔がみるみるうちに真っ赤になる。

あぁ……自分が勘違いして答えてしまった事に気付いてしまったか……。

「え、えっと、今のところはない……かな？」

「そっか。じゃあ、桜ちゃんはこれからも一生懸命勉強する必要があるね。俺が言いたい事はわかるかな？」

「わかんない……」

そう言って、桜ちゃんは俯《うつむ》いてしまう。

「あぁ、ごめん、追いつめてるわけじゃないんだ！　えっとね、プロ野球選手やパティシエ、それに美容師とかには俺たちが今高校で習ってるような事って必要かな？」

俺がそう聞くと、桜ちゃんはハッとする。

俺の言いたい事がわかったみたいだ。

「学校で習う事が大切なのはわかるよ。でもそれは、自分が将来何になりたいかを決めら

れていない人間にとってなんだ。学校側は、自分が将来何になりたいか決めた時に、それになれるように広範な知性をつけようとしてくれている。そして大抵の人間は、自分がなりたいものを中々見つけられない。だから、学校の授業が大切になり、学力で生徒は評価される。でも、自分がなりたいものを見つけられてる生徒にとって、それはどうなんだろう？　将来必要とならないものに時間を使う事を、勿体《もったい》ないと思わないかな？　それよりは、将来自分の役に立つものに時間を使いたい——それが、俺の考え方なんだ。だけど、勘違いしないでほしい。学校の授業を否定しているわけじゃないんだ。だから、今桜ちゃんに将来なりたい職業がないんだったら、学校の勉強を頑張ってほしい」

俺が長々と話し終えると、桜ちゃんは俯いて黙り込んでいた。

しまった。

語ったせいで、嫌な思いをさせたか？

そうだよな……語る奴ってうっとうしいよな……。

だが、顔を上げて俺のほうを見た桜ちゃんの目は、キラキラと輝いてた。

「お兄ちゃん、カッコイイ！」

「え？」

「お兄ちゃん、本当に凄いよ！　桜、そんな事考えた事なかったもん！」

興奮した桜ちゃんは、俺に詰め寄ってきていた。

「え、えっと……？」

俺は桜ちゃんの勢いに、戸惑いが隠せなかった。

こんなふうな視線を向けられた事なんて、ここ数年記憶にない。

「他には？　他には何かないの？」

「他に……？　え、えっと……と言われてもな……。うん、さっきの話に繋《つな》がる事でもあるけど、学力がないからって、相手を馬鹿だと舐《な》めたらだめだ」

「馬鹿にする気はないけど……どうしてかな？」

桜ちゃんは純粋に知りたいって感じで俺に聞いてくる。

「それは――」

俺がその理由を教えようとすると――

「ただいまぁ」と、桃井が帰ってきた。

――って、まずい！　もうそんな時間か！

時計を見れば、十八時半を回っていた。

プログラムを作り直したり、先程の話をしていたせいで随分と時間が経っていたようだ。

「桜ー？　いないのー？」

俺の背中に冷や汗が流れる。
まずいまずい！
俺の部屋に桜ちゃんを連れ込んでいる事がバレれば、あいつに何されるかわからない！
「あ、急いで出ないと、お昼のように怒られちゃうね。じゃあ、ご飯一緒に作ろうね？
それと、またお話聞かせてね、お兄ちゃん」
そう言って、桜ちゃんはニコッと俺に微笑んでくれた。
俺は桜ちゃんと少しだけ時間をずらして、階段を下りた。
しかし——階段から降りた俺は、桃井に桜ちゃんと一緒に部屋にいた事がバレていて、
雷を落とされてしまった。

なぜって？
だって、桜ちゃんの部屋は一階だもん……。

第四章　義姉《あね》の秘密と意外な共通点

私は優等生として、周りに知られている。

それは間違いじゃないけど、正しくもなかった。

私はみんなが思っているような優等生じゃない。

私には、妹以外の人に隠している趣味があった。

それは――。

◆

「ねぇお兄ちゃん、今日は機嫌がいいんだね？」

食事中――横に座る桜《さくら》が、その目の前に座っている男に話しかける。

その男は前髪を長くし、目が一切見えない。

雰囲気は暗いし、学園では友達もいない。

所謂《いわゆる》、ボッチ君だった。

そんな男が、まさか私の義弟《おとうと》になるだなんて……。

しかし雰囲気が暗いといっても、それは学園だけでの話だった。

彼は私と口喧嘩《くちげんか》をするし、妹相手には楽しそうに喋《しゃべ》っている。

どうして学園でも同じようにしないのか、少し気になっていた。

でも、聞いたところで彼は教えてくれないと思う。

それに、桜がすぐに彼に懐いたのも意外だった。

この子は一見人懐っこく見えるけど、実際は警戒心がかなり強い。

人の本質をよく見ていて、信用出来ない人間とは距離をとるの。

だからこの子も私と同じで、友達があまりいなかった。

まぁ、友達が一人もいない誰かさんよりはマシだと思うけど。

ただ、そのせいなのか、桜は自分が気を許した相手には凄《すご》く甘えるようになる。

つまり懐いてしまった今、油断しているとこの男の毒牙にかけられてしまうかもしれない。

昨日も私がいないのをいい事に、彼は桜を部屋に連れ込んでいた。

まぁ、おそらくは桜のほうからおしかけたのだろうけど、私は彼だけ正座させ、二時間ほど説教してやったの。

桜は可愛《かわい》いから、軽く注意しただけで済ませたわ。

そんな桜は彼と料理をする約束をしていたらしく、少し拗《す》ねて一人で料理をしていたけど、そこは許してほしい。

悪いのは、全てこの男なのだから――。

しかし、警戒心の強い桜が彼に懐いているという事は、彼は優しい人間なんだと思う。

……私には一切そういう部分を見せてくれないけど……。

なぜかしら？

これが所謂ツンデレというやつなの？

まぁ、いくら彼が私に好意を持とうと、私はあまり彼と関わる気はなかった。

私は彼が嫌い。

だって、生理的に無理だから――。

「――あぁ、実は俺の好きなラノベの『いたずら教師とアカシックレコード』って本の最新刊が今日発売されて買ってきたんだ。この後、自分の部屋で読むつもりだよ」

私は彼の言葉に、一瞬だけ反応してしまった。

『いたずら教師とアカシックレコード』――その作品は、私も大好きだった。

そう、私の趣味は彼と同じで、ライトノベルを読む事やアニメを見る事なの。

意外だと思った？

完璧美少女の私が、オタク趣味を持っているなんておかしい？

残念だけど、世の中こんなものよ？

それに、優等生がアニメやラノベを見たらだめだなんて、誰が決めたの？

私は普通の小説よりも、ラノベのほうが好きよ？

だから私は、彼がライトノベルを一杯持っている事を桜から聞いて、桜の事が凄く羨ましかった。

別に彼と話がしたいとか、そういうわけではないわ。

ただ、彼の持っているライトノベルを読んでみたいと思ったの。

彼と仲がいい桜が頼めば、彼は貸すと思う。

でも、私が頼んだとしても、断られる気しかしなかった。


だって彼はツンデレだもん。


…………いいなぁ。

「どうしたの、お姉ちゃん？」

私が二人のやりとりを見ていると、それに気が付いた二人がこちらを見た。

「……この料理、あなたが作ったのよね？　どうりで美味《おい》しくないわけだわ」

私は考えていた事を誤魔化すために、彼が作った『酢豚』に文句をつけた。

……本当は、美味しくないどころか驚くほど美味しかった。

これ……一体どうやって作ってるのか、衣と肉の間に隙間があって、噛《か》んだ食感が凄く柔らかい。

一緒に入ってるパイナップルはお肉を柔らかくするためなんだろうけど、タマネギやピーマンも甘くて凄く食べやすい。

味付けのソースも市販のものを使っているんじゃなく、彼が作っていたと桜から聞いた。

なんで彼はこんなに料理が上手《うま》いの？

どう考えてもそのスキルは、彼にじゃなく私にこそ相応《ふさわ》しいはずなのに……。

私は料理が苦手だった。

……本当は料理どころか、家事のほとんどが苦手……。

唯一出来るのは、掃除だけ……。

私が料理を作れば、良くて黒焦げの塊料理、悪ければ紫色の毒々しい料理が出来上がる。

おかしい。

私は美味しくなるように、きちんと色々な調味料をたくさん入れてるのに……。

そして洗濯をしようとすれば、洗濯機が動き出した瞬間、泡があふれ出して、洗濯機が壊れる。

……ちゃんと手順通りにしているはずなのに。

服が綺麗《きれい》になるように、洗剤だって丸々入れてるのになぁ……。

最近の洗濯機は不良品が多いんじゃないかしら？

メーカーにはしっかりしてもらいたいものね。

……前にその事を桜に言ったら、なぜか凄く泣きそうな顔をされたけど……。


「口に合わなかったか？」

私の難癖に、彼は文句を返してくるんじゃなく、残念そうな顔をした。

……そんな顔されたら、なんだか私が悪い事をしたみたいじゃない。

……いや、どう考えても私が悪いわね……。

こんな美味しい料理を食べて、美味しくないなんて言う人間は、どう考えても味覚がおかしい。

今すぐにでも病院に行くべきね。

……今の私がそれなのだけど。

桜は困ったような表情で私を見ている。

私が本心で言ったんじゃないと気が付いているから、何を言っていいのかわからないって感じなんだと思う。

「ごちそうさま」

困った私はそう言って、逃げるように立ち上がる。

「あ、うん……」

二人の視線を背に感じながら——私は食器を流し場に持って行って洗うのだった。

◆

「はぁ……」

私は溜息《ためいき》をつきながら階段を上っていた。

また、やってしまったわ……。

私は彼の事が嫌いだけど、別に喧嘩がしたいわけじゃない。

でも、気が付けば悪態をついてしまう。

そして彼はツンデレだから、私に絡んでもらって嬉《うれ》しいくせに、何かと言い返してくる。

結果、いつも口喧嘩に発展してしまうの。

彼が嫌いだから、咄嗟《とっさ》に悪口を言ってしまうのかもしれない。

もしそうなら、彼にはまともになってもらいたいものね……。

部屋に戻ると、スマホが光っていた。

私はその事に口元がにやけてしまう。

だって、彼からメッセージが届いていたから。

『今日、あの最新刊買ったよ！　花姫《はなひめ》ちゃんは買ったのかな?』

『もちろんだよ(*´▽｀*)　今から読むところだよーヾ(≧▽≦)ノ』

私はそう書いて、メッセージの送り主――海《うみ》というアカウントに向けてメッセージを飛ばす。

学園のみんなは、私がこんなふうに顔文字を使ってメッセージを飛ばしてるとこなど、想像した事もないでしょうね……。

私だって一人の女の子。

普通に顔文字も使いたいし、みんなと笑って学校帰りに寄り道もしたい。

でも、それは出来ないの。

私が優等生という理由もあるけど、本当の理由はそうじゃなかった。


今の私が仮面をつけているからなの……。

冷徹の女という仮面を。


もし私が可愛い顔文字を使ったり、みんなと笑って話したりすれば、すぐにその仮面ははがれてしまう。

だから、私はみんなに冷たく接して、まともに連絡もとらない。

なぜ私がそんな仮面をつけているかというと——中学時代のトラウマが原因だった。

中学時代の私は、桜のような性格をしていたの。

……ごめんなさい、さすがにあそこまで可愛い性格はしてなかったわね……。

でも、そこら辺にいる女の子たちと変わらない性格をしていたの。

当時、そんな私にたくさんの男子が言い寄ってきた。

私はそれが凄く怖かった。

今でも男子が怖い。

そして、言い寄ってくる男子の数も変わらない。

ただ一つ違うのは――私が仮面をつけているおかげで、彼らをすぐに追い払えている事だった。

だから、私は仮面をとるわけにはいかないし、優等生というイメージを壊すわけにもいかなかった。

しかし、ネットの中の彼――海君とのやりとりの時だけは、その仮面をはがす事が出来た。

ありのままの私で、彼と話す事が出来る。

だから、私は彼とのやりとりが好きだった。

同じ男子でも彼は怖くない。

とても優しいし、趣味も合うおかげで彼との話は楽しい。

そんな私たちが出会ったのは、二年前――彼が趣味で書いているブログに、私がコメントしたのがきっかけだった。

彼は自分のブログで好きな作品の事を紹介していたの。

当時ライトノベルに興味を持ち始めたばかりの私は、同じ作品を好きだという彼に、思い切ってメッセージを飛ばしてみた。

そしたら彼はすぐに返信をくれて、そこから何度もやりとりするうちに、いつの間にか凄く仲良しになれていたの。

私が今持ってるラノベのほとんどは、彼がブログで紹介していたり、直接薦めてくれたものだった。

だから、私たちの話は合う。

その事を彼は知らないけどね。

本当に本の趣味が同じで、たまたま同じ本を買っていると思ってるはず。

ずるいとはわかってるけど、私が彼の好きな本を読みたいという気持ちは本当だから、そこは許してほしい。

それに、ラノベ自体も本当に好きだから。

さて……そろそろ私も、『いたずら教師とアカシックレコード』を読むとしよう――。

◆

はぁ、面白かったぁ。

俺は『いたずら教師とアカシックレコード』を読み終わると、すぐさまブログを開く。

日課となっている、ブログ記事を更新するのだ。

好きな作品を紹介する相手がいない俺は、こうして布教活動をしている。

俺が更新すると——

『私も読み終わったよ～ヾ(≧▽≦)ノ　今回も先生と白猫ちゃんのコンビが良かったね～(*´▽｀*)』と、コメントが付いた。

これは誰が書いたのか名前を見なくてもわかる。

花姫ちゃんだ。

彼女はいつも、俺のブログ更新にすぐコメントしてくれる。

通知を受け取るようにしてくれてるんだとは思うけど、毎回一番というのは凄いと思う。

俺も彼女が一番にコメントしてくれるのは嬉しかった。

でも、今回の話は恩師にスポットが当てられてたはずなんだけど……花姫ちゃんは、相変わらず白猫ちゃんが好きだなー。

これは、彼女に付き合ってあげないといけないだろう。

『俺も凄い面白かった！　でも、俺は白猫ちゃんより、姫ちゃんのほうが好きかな～』

『むー(＞_＜)　白猫ちゃんのほうが先生にはお似合いだよ～(´－｀)ノ』

俺の推しキャラは国を追放された姫様なのだが、彼女の推しキャラはあだ名が『白猫』というキャラだった。

だけど推しキャラが違うといっても、喧嘩をしたり仲違《なかたが》いをしたりはしない。

むしろ、自分の推しキャラについて談義をするのだ。

それが——俺たちのお約束のやりとりだった。

そんなやりとりをしているうちに、時間が経《た》ち——

『ごめんね、もう寝ないといけない時間だから、寝るね(>_<)』

『うん、俺ももう寝るから、おやすみ！』

『おやすみ〜(、-、).。oO』

そんな感じで、俺たちは今日のやりとりを終えた。

さて、トイレに行って俺も寝よう。

桃井《ももい》に料理が美味しくないと言われてちょっと落ち込んでいたが、花姫ちゃんのおかげで気持ち良く眠れそうだった。

俺がトイレに行くためにドアを開けると——

「あっ」

——そこには、桃井がいた……。

つい先程の光景が、俺の頭の中でフラッシュバックする。

最悪だ。

折角いい気分で眠れそうだったのに、嫌な奴《やつ》と鉢合わせするとは……。
それにしても……。
俺は桃井の恰好《かっこう》を見る。
桃井のパジャマ姿は初めて見るが、正直言って可愛いと思った。
なるほど……こいつがモテる理由がなんとなくわかる気がする。
桃井は、黙っていれば美少女なのだ。
黙っていればな……。
「何？」
俺がジロジロと桃井を見てたせいで、桃井が俺の事を睨《にら》んでいた。
「いや……悪い……」
俺は、桃井から顔を背ける。
また暴言が飛んでくるぞ………。
俺は桃井の暴言に備えて、身構える。

だが――いくら待っても桃井は何も言ってこなかった。
俺が不思議に思って桃井のほうを見ると、桃井は俺のほうをジッと見ていた。

何か悩んでいるように見えるが、どうしたのだろうか？

俺が不思議に思っていると――

「ねぇ、今日買った本は面白かったの……？」と、急にそんな事を聞いてきた。

「……え？」

「今日買った本は面白かったのかって聞いたの。あなたはそんな事も理解出来ないの？」

「いや、そうじゃねぇよ！　お前がいきなり本の感想を聞いてきたから驚いていたんだよ！」

俺の言葉に、桃井が目を細める。

どうやら『早く感想を言え』と言いたいみたいだ。

「はぁ……。あぁ、面白かったよ」

「何処《どこ》が？」

はぁ？

お前にそんな事言ったって、わからないくせに……。

でもこれは、逆らえば何を言われるかわからない。

「えっと……今回は魔術教師をしている主人公と恩師が中心の話だったんだけど、後半で恩師を助けに主人公が向かい、途中二人とも事故に巻き込まれて死にそうになってしまうんだが、そんな極限状態だからこそ、二人の仲は急速に縮まるってシーンがあったんだ。

そこが一番良かったかなぁ。それに、俺の一番好きなキャラの姫ちゃんが、主人公をとられちゃうって焦ってる描写があって、凄く可愛いって思ったんだ！」

——って、しまった！

俺は何を桃井に語ってるんだ⁉

しかも話してるうちにテンションが上がってきて、最後ら辺は声大きくなっちゃったし！

や、やばいよな……？

俺は、おそるおそる桃井の顔を見る。

——え？

「そう、あなたは余程その本が好きなのね。じゃあ、私はこれで」

そう言って、桃井は歩き始めた。

方向からしてトイレに行ったのだろうが……。

いや、それよりも……あいつ、俺の話を聞いて笑っていたのか？

笑っていたといっても、別に馬鹿にしている笑い方じゃない。

微笑《ほほえ》んでいる——という表現が似合う笑い方だった。

……なんで？

あいつがあんなふうに笑うとこなんて、初めて見た。

しかも……俺は不覚にもそれを、可愛いと思ってしまった……。

いきなり本の感想を聞いてきたかと思えば、あんなふうに俺の話を聞いてくれて……。

さっきのあいつは機嫌が良かったのだろうか？

俺の料理に怒ってるのかと思ったのに、あんな笑顔を浮かべるなんて……。

一体あいつはなんなんだ……。

その後の俺は桃井の態度が気になってしまい、中々寝つけないのだった——。

◆

「パソコン貸して」

突如、桃井が俺の部屋を訪れてきた。

桃井はお風呂上がりなのだろう——髪が少しだけシットリと濡《ぬ》れていて、頬がうっすらと赤らんでいる。

何より、服装が大人っぽい黒色のパジャマ姿だった。

俺はその姿に、急激に緊張してしまう。

なんせ、今の桃井は凄く色っぽくて可愛いのだ。

いくらこいつの事が嫌いとはいえ、こんな女の子がいたら見とれてしまうに決まっている。

しかしあまりジッと見ていると、この前の夜みたいに睨まれてしまうため、俺は慌てて目を逸《そ》らした。

「えっと、なんで急に？」

俺がそう尋ねると――

「明日までに作らないといけない資料があるのだけど、下校時間が来てしまったから、データを持って帰ってきたの。だから、パソコンを貸してちょうだい」

「いや、お前持ってないのか？」

「持ってたら、ここに来てるはずがないでしょ？　本当あなたは理解力がないわね」

確かに桃井の言う通りなのだが……こいつ、それが人に借りようとする態度なのか？

「なら、父さんのを使えよ。父さんの部屋に今もあるはずだ」

素直に桃井の言う通りにするのは癪《しゃく》なため、俺はそう答えた。

だが桃井は――

「お父さんは今家にいないでしょ？　連絡もつかないし、勝手に借りられるわけないじゃない。それとも、あなたは人のものを勝手に使うの？」

そう言う桃井は、目を細めて俺の事を見てくる。

なんだろう……桃井が言ってる事は正しいんだが――凄く腹が立つ！

しかしこれ以上やり合っても、俺が口喧嘩で桃井に勝てるはずがなかった。

だが、どうする？

今のこいつを、俺の部屋に入れるのか……？

というか、こいつには危機感というのがないのか？

男の部屋で二人っきりになるという事が、どういう事かわかっていないのだろうか？

「お前、俺の部屋に入るの……？」

「出来たら入りたくないけどね。でも、あなたのパソコンはノートパソコンじゃないんでしょ？」

「……なんで知ってるんだ？」

「前に桜から聞いたの。……もしかして、桜は部屋に入れたのに、私は入れないとか言わないでしょうね？　もしそうなら、あなたの事を今日からシスコンって呼ぶわよ？」

どんな脅しだよ……。

てかこいつ、シスコンの意味を妹好きだと勘違いしてないか？

シスコンには姉も入るんだぞ？

つまり、俺はお前の事も好きだという事になるんだが？

——とか言ったら、絶対に暴言しか返ってこないから言わないけどな。

それに……多分俺、シスコンなんだよな……。

決して桃井の事が好きというわけではない。

桜ちゃんが可愛すぎるのだ。

あんな子が妹になったら、十人が十人シスコンになるだろう。

まさに『十人十色』ということわざを打ち消す存在だ。


……俺は何を馬鹿な事を言っているんだ？

とりあえず何か言わないと、目の前の雪女が凄い顔をしている……。

「はぁ……わかったから、そんな目で睨むな。それと、勝手に部屋のものを弄《いじ》るなよ？」

「弄らないわよ、汚い」

俺の注意に、桃井は興味なさげに答えた。

ただ、一言多い奴だ。

汚いなら、部屋に入るなと言いたい。

「へぇ……」

部屋に入った桃井は、なぜだか感心したような声を出した。

その視線は、本棚のほうに向いている。

だが、プログラミングの本が入っている棚ではなく、隣のラノベがたくさん入っている棚を見ていた。

「お前、ラノベに興味があんの？」

俺がそう尋ねると——

「ラノベ？　何それ？　そんなもの聞いた事がないわ。それよりも、早くパソコンを貸してちょうだい」と、早口で捲《まく》し立てられた。

「お、おう」

俺はその勢いにおされ、すぐにパソコンを起動させる。

そうだよな、こいつがラノベを読むわけないよな……。

桜ちゃんが友達から借りてたまに読むと言っていたから、桃井も読んだ事があるのかもしれないと思ったが、この優等生がそんなものを読むわけがない。

しかし——作業に入ったはずの桃井の視線は、時折ラノベがしまってある本棚に向いていた。

……これ、絶対興味があるだろ？

だが、下手な事を言えば暴言の嵐が返ってくるため、俺は黙って桃井を見ていた。

…………こいつ……本当に、黙ってれば可愛いのにな……。

「どうしよう……」

桃井の作業が終わるのを待っていると、突然桃井がポツリとそう呟《つぶや》いた。

何かあったのだろうか？

「どうした？」

俺がそう尋ねると、桃井は俺のほうを睨んできた。

「なんでもないわ。だから、近付かないでもらえるかしら？」

「はぁ……なんでお前って、そんな言い方しか出来ないの？」

「うるさいわね……ほっといてよ」

「はいはい、わかりましたよ」

俺は桃井に背を向け、ベッドに腰掛ける。

桃井は俺のほうを一瞥《いちべつ》だけして、画面へと向きなおった。

しかし、その手は止まったままだ。

解決策がわからずに、悩んでいるようだった。

俺はさっき画面が見えたから、今何が起こっているのかわかっているのだが、先程の態度がムカついたため助けてやる気はない。

――しかし、それから一時間経っても桃井の手は止まったままだった。

こいつ、意地を張りすぎだろ……。

このままだと俺も寝られないし、仕方ないか……。

「桃井、ちょっとどいて」

俺が桃井にそう言うと——

「近寄らないでって言ったじゃない」

——桃井はそう言って、睨んできた。

だが、俺はもう取り合わない。

「明日までに終わらせないといけないんだろ？　すぐ終わるから、横に少しずれてくれ」

俺の言葉に、桃井は渋々ながら横にずれてくれた。

さて——。

俺はコマンドプロンプトを開いて、ルーターに接続されてるかどうかを調べる。

——やっぱり、ルーターとの接続が切れているな……。

桃井が使っている最中に、接続が途絶えてしまったのだ。

俺はすぐにルーターへと接続し直した。

「今……何をしたの？」

桃井は目をパチパチさせながら、俺の事を見ていた。

「ルーター……って言っても、桃井にはわからないよな。まぁとりあえず、ネットに接続出来るように直しただけだ」

俺がそう言うと、桃井は感心したような目でこちらを見てきた。

桃井にそんな目で見られると、なんだか照れ臭い。

俺は誤魔化すように口を開いた。

「あと、どれぐらいかかるんだ？」

俺の言葉に、桃井は目を逸らしながら――

「あと……こんだけ……」

そう言って、手書きでメモされているA4サイズの用紙を四枚見せてきた。

「これをデータにまとめればいいのか？　何がわからなくて調べようとしたんだ？」

「えっと、これをグラフにしたかったんだけど……思ったようにならなくて……」

「なら、スマホで調べればよかったのに……」

俺がそう言うと、桃井が俯《うつむ》きながら答えた。

「だって……あなたのパソコンを壊しちゃったと思ったから、直さなきゃって……」

あぁ、だから自分でどうにかしようとしていたのか……。

素直に俺に聞けばいいものを……。

「貸してくれ、俺がやる」

「は？　生徒会役員でもないあなたに、やらせられるわけないじゃない」

そう言って、桃井が俺のほうを睨んでくる。

こいつ、すぐ睨む癖はどうにかならないのか……？

「お前、これ見てもそんな事言えんの？」

俺はそう言って、スマホの画面を見せる。

液晶の時刻は、もうすぐ零時になりそうだった。

「え……いつの間に……？」

「お前が作業に没頭している間にだよ……。ほら、わかったら貸せ」

そう言って、俺は桃井から用紙を奪い取る。

桃井は何も言わずに、俺の横に大人しく座った。

俺はすぐに、データを打ち込み始める。

これくらいならすぐ終わるだろう。

十分後――

「終わったぞ、桃井」

俺はUSBメモリにデータを保存し、桃井に声を掛ける。

「え、もう⁉」

そう言って、驚いた表情で俺のほうを見てきた。

なぜ横に座っていたはずの桃井が驚いたかというと――彼女は画面のほうなど見てお

ず、ラノベが入っている本棚のほうを見ていたからだ。

「あ、ありがとう」

俺からUSBメモリを受け取った桃井は、珍しく素直にお礼を言った。

そんな桃井に俺は――

「なぁ、お前絶対ラノベに興味あるだろ？」と、聞いてみた。

すると――

「はぁ⁉　あんなオタクが読むもの興味ないわよ！」

桃井は顔を真っ赤にして、そう怒鳴ってきた。

こいつは否定したが、逆に俺は確信を持った。

「お前、ラノベについて知らないんじゃなかったのか？　なんでオタクが読むものって知ってるわけ？」

俺の言葉に桃井が詰まる。

やっぱり、こいつはラノベが何かをわかっている。

「そ、それは……そ、そう！　あなたが持っているものだから、オタクが読むものだって思ったのよ！」

なんて苦しい言い訳だ……。

だが、俺はふと面白い事を思いついた。

「お前、オタクオタクって言うけど、ラノベを読んだ事ないなら、一度読んでみたらどうだ？」

「え……？」

「読んだ事もないのに馬鹿にするのはおかしいだろ？　一回読んでみて面白くないなら、オタクが読むものって馬鹿にしろよ」

俺はそう言って、桃井を馬鹿にしたような態度をとった。

こうすれば、桃井は絶対に喰《く》いつくと思ったからだ。

「……なるほど、あなたの言う事は尤《もっと》もね。ちょっと本を選ばせてもらうわ」

俺は桃井に見えないように、ニヤリと笑った。

そうだよな、あんだけラノベの本棚を見ていたんだ。

いい言い訳が出来たら、お前が乗らないわけないよな。

――といっても、別に桃井がラノベに興味があるという事を証明したかったわけではない。

ただ、俺の好きな作品のファンを増やしたかっただけだ。

桃井はラノベの本棚の前で、悩ましげに首を傾《かし》げていた。

「どれでも好きなものを持って行っていいぞ」

「そうは言っても、これだけあるとね……」

ラノベを眺める桃井の表情は、嬉しさを隠しきれていなかった。

その表情はいつもの冷たい桃井とは違い、まるで玩具《おもちゃ》を眺める子供みたいな表情だった。

なんだかここ最近、学園では見ない桃井の表情ばかりを見ている気がする……。

しかし、桃井は何を選ぶのだろうか？

桃井は先程から、ラノベを出しては入れ、出しては入れを繰り返していた。

やがて――

「あっ！」

桃井は何かを見つけたような声を出した。

一体、何を見つけたのだろう？

……え？

「私、これを借りるわ！　じゃあ夜も遅いし、部屋に戻るわね！　おやすみなさい！」

桃井はあるタイトルの本を全巻持つと、俺の部屋から出ていった。

貸すのは一巻だけのつもりだったんだが……あいつ、普通に全巻持って行ったな……？

いや、それよりも……あいつ、あれを読むのか……？

◆

「やっちゃった～……！」

自分の部屋に戻った私は、ベッドに潜りこんでいた。

先程自分がとった行動に、今凄く後悔してる……。

私は少しだけベッドから顔を出し、彼から借りてきた本の表紙を見る。

その表紙には――『彼女が、俺の持ってるエロゲーに興味を持ちすぎてるんだが……』

というタイトルが書いてあった。

その本を見つけた瞬間、これしかないって思ったの……。

だって、私にはさすがにこの本は買えないんだもん。

タイトルにエロゲーって入ってるせいで、私はこれを買う勇気がなかった。

でも、海君がブログでこれを凄くオススメしてたから、絶対読んでみたいって思ってたの。

そしたら彼の本棚にこれがあって、気が付けば持って帰ってきちゃってた……。

しかも、彼は一冊だけ貸すつもりだったのだろうに、借りれるチャンスは今しかないと思って、全巻持って帰ってきてしまった……。

どうしよぉ……。

私は先程の彼の表情を思い出す。

――完全に呆気《あっけ》にとられた顔をしてたよぉ……。

明日からどんな顔で会えばいいのぉ……。

絶対変な子だと思われてるよぉ……。

それどころか、エッチな子だと思われてたらどうしよぉ……。

私はあまりの恥ずかしさから中学時代の性格に戻ってしまい、その日は眠る事が出来なかったのだった――。

◆

「きりーつ、れーい！」

日直の挨拶と共に、クラスの全員が挨拶をする。

ホームルームが終わったから、もう後は帰るだけだ。

しかし――

「授業内容が全く頭に入らなかった……」

俺は一人、そう呟いてしまう。

昨日の桃井の行動が、頭から離れなかった。

なんであいつ、あの本を嬉しそうに持って行ったんだ……？

エロゲーに興味があるのか？

……いや、それはさすがにないと思うが……。

だとしたら、なんであいつはあの本を選んだんだろう？

あー……さっきから、同じ考えばかりが、頭を巡っている。

全く、あいつはどれだけ俺の事を悩ませたら気が済むんだ……。

「おい、これから何処行くよ？」

「ゲーセン行こうぜ～！」

「ねぇねぇ、これからケーキ食べに行こうよ！」

「え～……最近、ちょっと体重が……」

「大丈夫大丈夫！　まだまだ細いよ！　という事で、レッツゴー！」

「あ、ちょっと～！」

クラスメイトたちの声にそちらを見れば、みんな、それぞれのグループで固まって放課後の予定を話し合っていた。

クラスに一人でいるのは、俺くらいなものだろう……。

クラスメイトたちに交ざりたいとは思うが、俺は彼らに話しかける勇気がなかった。

はぁ……桜ちゃんを待たせるわけにはいかないし、行くか……。

「ねぇ、ちょっといい？」

俺が席を立とうとすると、女子が話しかけてきた。

「な、何？」

俺は彼女から目を背け、問いかけた。

「ちょっとー、こっち見て話せないわけ？」

「ご、ごめん……」

「はぁ……ま、いいわ。先生が教壇の上にある資料を資料室に返しといてくれって言ってたから、返しといてね」

そう言って、その女子は俺に背を向けて歩き出した。

はぁ、またパシリか……。

クラスメイトが教員から頼まれた仕事は、大抵俺に回ってくる。

だから、こういう事は珍しくなかった。

俺は桜ちゃんに、少しだけ遅れる事を連絡する。

「──ねぇ、あいつマジでキモくない？」

「わかるわかる、なんていうの？　オタクって奴かな？　まじ、目障りだよね」

「ねぇ、雲母《きらら》ちゃん、あいつ雲母ちゃんの力でどうにか出来ないの～？」

「出来なくないけど、気持ち悪いから関わりたくないのよ。それに、今はやる事があるでしょ？」

「あ、確かにそうだね」

――そんな会話が、俺の耳に届く。

先程俺に頼み事をしてきた女子が、西条《さいじょう》さんたちに合流して三人で俺の悪口を言っていたのだ。

この光景も珍しくない。

根暗な俺は、クラスで嫌われ者だった。

ドアの前で彼女たちが話しているため、俺は彼女たちがいなくなるのを待つ事にする。

窓から外の景色を見ると――桃井の姿が見えた。

彼女は、校舎裏のほうを目指して歩いて行っている。

また告白のために、男子から呼び出されたのだろう。

俺とあいつの学園での立ち位置は、対極なんだよな……。

そんな俺たちがいずれ磁石のように引かれ合うだなんて――この時の俺には、思いもよらなかったのだった。

第五章　天使みたいに可愛《かわい》い義妹《いもうと》

「お兄ちゃん、お待たせ」

俺が桜《さくら》ちゃんの教室の近くで待っていると、可愛らしい笑顔を浮かべた天使が駆け寄ってきた。

うん、本当、天使みたいに可愛い。

この天使が笑顔を浮かべるだけで、周りも笑顔になる。

……まぁ、今いる周りの生徒たちは笑顔を浮かべるどころか、こんな可愛い天使に笑顔を向けられている俺に対して、嫉妬による殺意を秘めた顔をしているがな……。

いや、うん、その気持ちは凄《すご》くわかる。

俺ももしこの天使が別の男に、こんなにも可愛い笑顔を浮かべて駆け寄っている姿を見れば、『リア充爆発しろ』と思うだろうから。

だがしかし、一つ言わせてほしい。

『お前たち、仮にも俺は先輩だからな？』と。

なんせ俺がいるのは、一年生の教室がある廊下だ。

当然、今俺に殺意を抱いてる生徒たちは九割方――もしくは、全員が一年生なのだ。

後輩全員にこんな顔をされる先輩なんて、そうそういないだろう。

俺の学園生活、これから大丈夫なのだろうか……？

……さっきから『天使』と呼んでいるが、その正体は最近俺の義妹となった桜ちゃんだ。

元々学校一のモテ女の妹って事からわかるように、この子の容姿もずば抜けて可愛い。

そして、あの冷徹な姉と違ってこの子は凄く人懐っこく、よく笑顔を浮かべている。

その笑顔が半端なく可愛いのだ。

他にも気遣いがしっかり出来るいい子だから、俺はこの子を心の中で『天使』と呼んでいた。

「お兄ちゃん？」

俺が一人考え事をしていると、桜ちゃんがキョトンっとした表情で首を傾《かし》げて、俺の顔を見上げていた。

……うん、やっぱこの子、可愛すぎる……。

桜ちゃんのあまりの可愛さに俺の頭はショートするが、彼女の事をほうっておくわけにはいかず慌てて返事をする。

「ううん、なんでもないよ。じゃあ、帰ろうか」

俺は桜ちゃんにそう言うと、彼女の歩幅に合わせて帰路につく。

その道中もニコニコ笑顔を浮かべる可愛い天使と帰っているせいで、俺たちは注目の的だった。

ここ最近桜ちゃんと一緒に登下校をしているからこの視線にも慣れた——という事はなく、今もなお凄く苦手だ。

正直言えば、今すぐにでも身を隠したいくらいに。

しかし、桜ちゃんと一緒にいてそんな事が出来るはずもなく、俺は我慢するしかない。

……それなら一緒に帰るのをやめればいい？

——無理だ。

よく考えてみてほしい。

こんなに可愛い天使と一緒に帰るチャンスを、簡単に捨ててしまうのか？

……無理だろ？

それが、俺の苦手とする視線を集めていてもなお、桜ちゃんと一緒に帰ってる理由だ。

……まぁあと、この子がありえないくらい方向音痴っていう事もあるけど……。

この子一人で帰らせたら、一体何処《どこ》に行きつくかわかったものじゃない。

なんせ地図を持っていても迷うだけでなく、真逆方向に行く子だからな……。

ジー。

……ん？

俺が一人考え事をしていると、隣を歩いている桜ちゃんがジーッと俺の顔を見上げていた。

「どうかした？」

何か話があるのかと思って桜ちゃんに声を掛けると、桜ちゃんは首を横に振る。

「ううん、なんでもないよ」

「そっか」

桜ちゃんの返事を聞いた俺は、特に深く考えずに前を向いた。

ここ最近見ていて気付いた事だけど、この子はたまに人の顔をジーッと見つめる癖がある。

まぁこんな可愛い女の子に見つめられると、嫌というより照れ臭いだけだから、それほど問題ではないんだが……。

でも、人によっては嫌がるだろうから、いつか注意したほうがいいだろう。

……いつか、な？

いや……注意するのを躊躇《ちゅうちょ》するのは仕方ないだろ？

注意するって事は、叱るようなものなんだぞ？

こんなに可愛い天使のような子を簡単に注意する事が出来るか？

――無理に決まってる！

…………いや、うん、わかってる。

ただ、俺がだめな奴《やつ》ってだけだ。

これからは兄になるんだから、ちゃんと義妹を注意出来ないとだめだよな……。

そう思った俺は桜ちゃんに注意しようと彼女を見るが――

「うん？」

――キョトンっとした表情で俺の顔を見上げる天使の可愛さにやられて、俺は注意する事を諦めるのだった。

◆

「じゃあ、行こうか」

家に帰って私服へと着替えると、同じく私服に着替えた桜ちゃんに声を掛けた。

「うん！」

桜ちゃんは俺の呼びかけに、満面の笑みを返してくれた。

俺たちはこれからスーパーに晩ご飯の材料を買いに行く。

……とはいえ、料理を作るのは桜ちゃんだけだ。

俺が料理を作るとなると、また桃井《ももい》が文句を言いそうだから俺は作らない。

だけど、買い物くらいは俺がしても文句は言われないだろう。

まぁ俺が買い物について行くのは、桜ちゃん一人で行かせると何処に行くのかわからないからだけどな……。

少なくとも、絶対真っ直《まっす》ぐスーパーには着かないだろう。

散々迷った挙げ句、家を出てから数時間後に着くんじゃないだろうか？

だからまぁ俺が道案内役として、桜ちゃんと一緒に買い物に行く事にしているのだ。

それと、荷物持ちという役目もある。

桜ちゃんは小学生にも間違われそうなくらい身長が低い。

そんな小柄な彼女に家族五人分の食材を運ばせるのは可哀想《かわいそう》だし、いつも料理を作ってくれてるんだから、力仕事くらいは俺がやるべきだろう。

幸い俺が買い物について行く事に関しては桜ちゃんも喜んでくれているため、こんなふうに毎日一緒に買い物に行っている。

家の外に出てみると、雨雲みたいなのが出始めていた。

今日は曇りだったはずだが……一応傘を持って行ったほうがいいだろう。

俺と桜ちゃんは雨が降っても大丈夫なように、念のため傘を持ってスーパーに向かうのだった。

「――お兄ちゃん、今日は何が食べたい？」

お店に着くと、笑顔を浮かべている桜ちゃんが聞いてきた。

この子は俺といる時いつも笑顔だ。

どうしてここまで笑顔でいられるのか疑問だが、それはこの子が人懐っこくていい子だからだろう。

本当に、姉である桃井に見習わせてやりたい。

あいつはいつも澄ました顔か、冷たい表情をしているからな。

桜ちゃんの手料理はどれもお店で出る料理くらい美味《おい》しいから、彼女の手料理ならなんでもよかった。

「なんでもいいよ」

だからそう答えたのだが、桜ちゃんは困ったような笑顔を浮かべる。

「もう、お兄ちゃん。その答えが一番困るんだよ？」

あぁ、なるほど……。

確かに今のだと、今日の献立まで桜ちゃんに丸投げする事になるのか。

桜ちゃんたちと家族になるまでは俺が献立を考えていたため、その手間とめんどくささは理解出来る。

さすがにそこまで桜ちゃんに負担をかけるわけにはいかないな。

「ううん……そしたら、野菜炒《いた》めがいいかな」

「うん、わかった」

俺の言葉を聞くと、桜ちゃんは早速野菜炒めの材料を選び始める。

値段を気にしながら品質がより良さそうなものを選んでる、といった感じだ。

そして納得がいくものがあれば、俺が持つかごの中に入れてくる。

見た目は小学生並みに幼いのに、しっかりと目利きをしたり値段を気にする姿は、いっぱしの主婦だ。

この子は、きっといいお嫁さんになるだろう。

…………どうしよう。

一緒に暮らし始めてそんなに日が経《た》っていないのに、桜ちゃんをお嫁に出すのが嫌だと思ってしまうんだが……?

家族になったばかりの男がそんな事を考えるなんて気持ち悪いとわかっていながらも、桜ちゃんの可愛さからどうしてもそう思ってしまった。

「お兄ちゃん、鯵《あじ》が旬だから鯵の塩焼きも作っていい？」

「あ、ああ、いいよ」

桜ちゃんの事を考えていると、いきなりお魚コーナーで桜ちゃんが俺のほうを見てきたため、俺は少しだけ慌てながら答えた。

俺が慌てて答えたからか、桜ちゃんがキョトンっとした表情で俺の顔を見つめてくる。

しかし、すぐに笑顔を浮かべて鯵を人数分かごの中に入れてきた。

どうやら、俺の考えていた事はバレていないようだ。

「――ふふ」

俺が人数分鯵がある事を確認して前を向くと、急に桜ちゃんが笑い声みたいなのを漏らした。

桜ちゃんのほうを見てみると、軽く握った両手を口にあてて嬉《うれ》しそうに笑っていた。

「どうしたの？」

何を嬉しそうに笑っているのか気になった俺は、桜ちゃんに尋ねてみる。

「ううん、なんでもないよ！」

しかし、桜ちゃんは教えてくれなかった。

その顔は、やっぱり嬉しそうに満面の笑みを浮かべている。

一体何を嬉しそうにしてるんだろう？

俺はそんな疑問を抱えるが、桜ちゃんが教えてくれないため知りようがない。

さすがに俺の考えていた事がバレているわけではないと思うが……。

それにバレていたとしたら、嬉しそうにするんじゃなく、嫌そうにするだろう。

とはいえ、他に心当たりもない。

桜ちゃんが一体何を考えているのか、買い物をしている間俺はその事が凄く気になるのだった――。

◆

家に着くとまず最初に、俺は今日買ってきた晩ご飯の材料を冷蔵庫に入れる。

その間に桜ちゃんはお米を洗い出す。

「よいしょ、よいしょ」

そんな掛け声と共に桜ちゃんは人数分のお米が入ったザルを一生懸命運ぶ。

本当は俺が運んだほうがいいんだろうが、桜ちゃんが自分でやりたいらしく、任せる事にしていた。

正直足元が見えてないから躓《つまず》いて転ばないかとか、バランスを崩して落とさないか冷や冷やする部分はあるが、意外としっかりしているのか今までそんな事態になった事はない。

まぁ元々は桃井家で料理をしていたらしいから、慣れているのだろう。

ご飯を炊く準備が出来たら、スタートボタンを押して一休み。

桜ちゃんと俺はリビングに置いてあるソファーに並んで座り、一緒にテレビを見る。

テレビといっても、この時間帯で見るものといえば大抵ニュースなのだが。

ニュースで流れていたのは、今話題の女子高校生社長についてだった。

テレビに映る少女はアメリカ人とのハーフらしく、綺麗《きれい》な金髪で、可愛い顔立ちをしている。

しかし、目は気の強い性格を表すように吊《つ》り上《あ》がっていた。

彼女が経営している会社名の中には、俺のよく知るものがあった。

その名前を見た瞬間、ズキッと胸が痛む。

「お兄ちゃん、どうかしたの？」

顔に出してしまっていたのか、桜ちゃんが俺の顔を心配そうに見つめてきた。

「いや、なんでもないよ」

本当はなんでもなくないが、桜ちゃんに心配をかけたくなかったため笑顔で答えた。

「でも……」

しかし、それでも桜ちゃんは心配したような顔で見つめてくる。

「大丈夫だよ。あ……読みかけのラノベがあったんだった。ちょっと自分の部屋から取ってきてそれを読むね」

「あ、うん……」

納得していないようだったが、桜ちゃんが頷《うなず》いた事を確認して俺はソファーから立ち、リビングを出た。

階段を上がる俺の胸はバクバクと鼓動が速くなっており、俺は思わず自分の胸を右手で握っていた。

はぁ……今はもう、何も関係ないのにな……。

あれから一年以上が経っているのに、思い出したくないものを思い出してしまった。

それと同時に、懐かしいような、寂しいような思いも湧き上がってくる。

とはいえ、もう全て終わった事だ。

今更思い返していても何もならないだろう。

俺はそう結論づけ、ラノベでも読んで気分転換する事にする。

――少し選ぶのに時間をかけてしまったが、読む本を決めて一階に降りてみると、桜ちゃんは料理を始めていた。

邪魔にならないように俺は静かに部屋に入る。

そしてラノベを読み始めたのだが――どうも、内容が頭に入ってこない。

まだ先程の事を引きずっているのだ。

仕方ない……顔を洗ってくるか……。

気分を変えるにはそれがいいだろうと思い、洗面所を目指してリビングを出た。

「あ、お兄ちゃん、さっきお姉ちゃんが帰ってきたから——」

桜ちゃんが料理をしながら何か言ってきた気がしたが、料理の音で何を言っているのかわからなかった。

とりあえず、顔を洗ったら聞けばいいかと思い、俺はそのまま洗面所に向かった。

洗面所のドアを開けると——目に入ったのは、綺麗な人肌だった。

そして、一緒にピンクの可愛らしい下着が目に入る。

「「……………え？」」

状況を理解する事に少し時間がかかった俺と、中にいた人間の声が重なった。

俺と同じように戸惑いの声を出したのは、なぜか下着姿になっている桃井だった。

「～～～～～～～～～！」

桃井は下着姿を見られて恥ずかしかったのか、顔を真っ赤にしながら言葉にならない叫び声を上げて、下着姿のままバスルームに入っていった。

俺もすぐに慌てて洗面所から廊下に出た。

そして洗面所のドアを背もたれに、ズルズルと座り込んでいく。


あ、あはは……終わった。


桃井の下着姿を見てしまった事に、俺は絶望する。

これは完全に死亡フラグが立った奴だ。

不注意で入ってしまったうえに、女の子の下着姿を見てしまったとか、あいつに何をされても俺は文句を言えない。

いつもはこんな事にならないように気を付けていたのに、別の事に気をとられていたせいで中に人がいるかどうかなんて気にしていなかった。

というか、桃井が帰ってきていた事にすら気付かなかった。

俺が見た桃井は全身がビッショリ濡《ぬ》れていたため、学園から帰ってきているうちに雨に打たれてしまったのだろう。

今日は天気予報で曇りと言っていたため、傘を持っていなかっただろうし。

うわぁ………漫画とかでラッキースケベ展開に羨ましいと思った事は何度もあるが、実際に自分に起こると洒落《しゃれ》にならない。

確かに先程の桃井の姿を見て興奮していないと言えば嘘《うそ》になる。

雨に濡れた下着姿の桃井は、色っぽいとすら思ったからだ。

しかし、それ以上に絶望感に襲われている。

なんせ、見てしまったのは桃井の下着姿だ。

普通の女子の下着姿を見ても大問題に発展するだろうに、冷徹女の下着姿を見たとなれば、どんな仕打ちが待っているかわからない。

この後桃井に会うのが凄く怖い。

今のうちに家から逃げるか？

……いや、そんな事すれば、更にややこしい事になりそうだ。

とはいえ、それならどうしたらいいんだ……？

俺はどうにかこの状況を切り抜けられないか必死に考えるのだった。

◆

「し、信じられない……！」

バスルームから出てきた桃井は、涙目で俺の事を睨《にら》んでいた。

もちろん、しっかりと服は着ている。

「すみませんでした！」

なるべく怒りを鎮められるように、俺は言い訳をせずに頭を下げた。

「お姉ちゃん、お兄ちゃんもわざとじゃないから許してあげて……？」

そして事情を全て知った桜ちゃんが、俺たちの間に入ってくれる。

正直今は桜ちゃんが凄く心強い。

桜ちゃんがいるといないでは、おそらく桃井の怒りが全然違うだろうから。

「許さない！　絶対許さない！」

まぁ桜ちゃんがいるからといって、全面的に許されるわけではないが……。

桃井の奴いつものクールさなんて微塵《みじん》もなく、完全に取り乱してるし。

「その、事故とはいえ、本当に悪かったよ……」

今回の事は完全に油断していた俺が悪いため、謝り続ける。

しかし、俺の言葉を聞いた桃井の顔が更に怒りに変わる。

「事故⁉　事故ですって⁉　鍵掛けてたのに事故のはずないじゃない！」

「え……？　鍵、掛けてたのか……？」

「当たり前じゃない！」

桃井の様子から、嘘を言ってるようには見えない。

だがしかし、それではいくらなんでもおかしいだろう。

なんせ、鍵が掛かっていなかったから俺が入れたのだから。

「まさか……」

桃井が嘘を言っているとも思えなかった俺は、一つの結論に至りリビングを出た。

「あ、こら！　待ちなさい！」

俺が逃げたと勘違いしたのか、桃井が怒鳴りながら付いてくる。

一緒に桃井がいたほうが都合がいいため、俺は気にせずに目的の場所へと向かう。

そして目的の場所に着くと、桃井と俺の認識違いの原因がわかった。

「何をしているのよ？」

洗面所のドアを弄《いじ》っている俺を見て、桃井が訝《いぶか》しげな顔をする。

「桃井、この鍵壊れてる」

「え……？」

「ほら」

俺は桃井に見せつけるように、ドアの鍵を掛けたり外したりをする。

一見すれば、外側からも内側からも鍵が掛かっているように見える。

それは、鍵が掛かっているかどうかを示す部分がきちんと動いているからだ。

しかし、肝心のドアに鍵を掛ける内部が動いていない。

そのせいで、鍵が掛かったものと思っていたのが、掛かっていなかったのだ。

「よかった……。ね、お姉ちゃん？　お兄ちゃんはわざと入ったんじゃないんだよ」

桃井の後ろから現れた桜ちゃんが、安堵《あんど》の表情を浮かべる。

わざと入ったかどうかでも、桃井が抱える心証が変わるからだろう。

今回桜ちゃんは完全に俺の味方をしてくれている。

これで桃井の怒りが収まってくれればいいのだが——そう甘くもないようだ……。

「ちょっと待って。確かに内部的には鍵が掛かってなかったのかもしれないけど、外側から見て鍵が掛かっている事はわかるわよね？　つまり、あなたが確認をちゃんとしてたら、こんな事にならなかったはずよね？」

さすが優秀で知られる学校一のモテ女。

その部分を見落とす事はないか。

「そう、だな……」

結局は確認を疎《おろそ》かにした俺のせいであって、ぐうの音も出ない。

俺は裁きが下るのを待つ罪人のように俯《うつむ》いた。

「…………………今回だけだから」

「え？」

「次やったら、絶対に許さないからね」

しかし、桃井は俺に何かしらの罰を与える事などせず、リビングへと戻って行った。

絶対ただじゃ済まないと思っていたんだが……。

「よかったね、お兄ちゃん！」

桃井が立ち去った後を呆然《ぼうぜん》と眺めていると、笑顔の桜ちゃんが声を掛けてきた。

「あれって、許してくれたの……？」

状況が呑《の》み込《こ》めない俺は桜ちゃんに尋ねてみる。

「うん！　お兄ちゃんがわざとしたんじゃないってわかったのと、反省してるってわかったから許してくれたんだよ！」

「そうなのか……」

あの桃井がこんな簡単に許してくれるとは思わなかった。

意外と、悪い奴ではないのかもしれない。

「ふふ、お兄ちゃんはお姉ちゃんの事を怖いと思ってるのかもしれないけど、お姉ちゃんは本当は凄く優しいんだよ」

俺の表情から考えている事を察したのか、桜ちゃんが満面の笑みで教えてくれた。
その笑顔は本当に天使が笑っているように見えた。
きっと、姉の優しさを俺に理解してもらえたのが嬉しかったのだろう。
その笑顔を見ながら俺は——少しだけ、桃井に対する考えを改める事にするのだった。

第六章　陥れられた義姉《あね》

「ねぇ雲母《きらら》ちゃん、またあいつ来たよ」

私がおかずを箸で摘まんで口に運んでいると、私のグループの一人が声を掛けてきた。

その子が見ているほうを見れば、黒髪を長く伸ばした女子が顔をしかめてこっちに向かって歩いてきてた。

顔をしかめている女子は私たちの傍《そば》まで来ると、すぐに口を開く。

「いい加減にしてくれないかしら？」

嫌気がさしているような様子で言葉を発したのは、学校一モテる事で有名な桃井《ももい》だった。

「いやいや、そっちこそいい加減にしてくれないかな？　あんたどんだけしつこいのよ」

私は肩を竦《すく》め、桃井を馬鹿にした態度をとる。

「本当だよね～、マジ桃井ってしつこい」

「そうそう、うちらはただ楽しく話しながら、ご飯食べてるだけなのにね？」

私の言葉に同調するように、他の子たちも桃井に対して文句を言う。

今私たちは、よく遊ぶメンバー六人で屋上に来て、弁当を食べていた。

そこに、ここ数週間昼休みの度に現れるようになった、桃井が来たのだ。

「毎回毎回何度同じ事を言わせるの？　あなたたちは馬鹿なの？　屋上に入ってはいけない事は、生徒手帳に書いてある校則に載っているでしょ？　それとも、文字が読めないのかしら？」

桃井が私たちを見下した目で見てくる。

この女は自分が有能なせいか、私たちを下に見ているんだと思う。

確かにこの女は人気者だ。

凄《すご》く美人で、全国模試で常に上位に入るくらい勉強も出来、運動でも平均的な男子に負けていない。

完璧美少女とは、こういう女をいうのだろう。

テストの度にいつもビリ争いをしていて、運動を苦手とする私とは真逆の存在。

そんな桃井だから、性格が悪くてもみんなに人気がある。

……一部の人間には、その性格が喜ばれているけど……。

私はこいつの事が嫌いだ。

でもそれは、別に桃井が自分と違ってなんでも出来るからとか、そういう僻《ひが》みみたいな理由じゃない。

こいつのせいで私は——！

「でもでも、屋上は鍵掛かってなかったよ？　もし本当に屋上に入るのがだめなら、学園側も鍵を掛けるんじゃないかな？」

そう言って、私のグループの一人である久山美紀《くやまみき》が、可愛《かわい》らしく首を傾《かし》げる。

「それはあなたたちが、毎回毎回鍵を壊して侵入するせいで、そんな費用を掛けられなくなったのよ！」

桃井は凄い剣幕で私たちに怒鳴ってくる。

うん、その通り。

元々はこの屋上に鍵が掛けられていた。

でも、私たちはその鍵を壊して屋上で昼ご飯を食べているの。

もちろん学校は鍵を替えたけれど、私たちはその度に鍵を壊して侵入していた。

ところが三週間前くらいから桃井が注意しに来るようになったの。

でも、注意に来るのはこの桃井だけ。

なぜ他の生徒会役員や教師陣が何も言ってこないのか？

それは単純な理由だった。

この私、西条雲母《さいじょうきらら》を――ううん、西条財閥を敵に回したくないからだ。

正直、桃井には感心する。

私の家である西条財閥は、日本三大財閥の一つと呼ばれ——紫之宮《しのみや》財閥、平等院《びょうどういん》財閥と並び称されている。

そんな家の人間を敵に回すという事は、将来を脅かされる危険を持つという事。

だから、普通の人間は私に何も言ってこない。

だけどこの桃井だけは、私に面と向かって言ってくる。

正直、そういう人間は嫌いじゃない。

けれどムカつくものはムカつくから、やっぱり気に入らないとも思ってしまう。

それと、性格と関係なしに桃井は私にとって凄く邪魔な存在になってしまった。

だから私に面と向かってものを言える人間であっても、桃井の事は嫌いだし、私のためにこいつには消えてもらう必要がある。

「あぁはいはい、わかったわかった。みんなもう行こ」

私は弁当箱を片付けて、未《いま》だに桃井と言い合いをしてるメンバーに声を掛ける。

みんなは桃井に嫌な顔を向けながら、私の言葉に素直に従ってくれた。

逆らう人間は誰一人いない。

だって彼女たちは、私の言いなりだもの——。

◆

「じゃあ、行こっか?」

桃井が生徒会を終えて、帰路についた事を確認し、私は隣にいる西村《にしむら》葵《あおい》に声を掛ける。

「はいはーい」

彼女は私の呼びかけに、陽気な声で返事をした。

葵は私と一年生の時から同じクラスで、いつも私の傍にいる。

もう一人清水《しみず》みゆという子も、いつも傍にいるのだけど——今はいない。

みゆは今、バイトに行っているの。

「今日こそは、あそこに行ってくれるかな?」

ちょっと疲れたような感じで、葵が体をダラ~っとさせながら、私のほうを見ていた。

「さすがにそろそろ行くんじゃないかな?」

「だといいけど……。毎日これはさすがに疲れたよ~」

そう言って、葵がプクーっと頰を膨らませる。

私たちは二週間前から、桃井が帰宅する後をつけていた。

——といっても、家に帰るところまで尾行するんじゃなく、ある目的の店に入るかどうかを見ているだけ。

だからいつも、その店に続く道から外れた時点で尾行はやめていた。

「バイトシフトの時はお金も入るからいいけど、尾行だとお金入らないし～」

バイトシフトとは、尾行側じゃなく、お店で働いているほうの役割って事だった。

彼女とみゆの二人は、毎日交代でその役目を担っている。

理由は単純、一人の人間が毎日同じ店でバイトするのは無理があるから。

めんどくさいってふてているのかと思ったら……バイトの時はいいんだね……。

そこまでお金がほしいのかな？

正直、私にその感覚はわからない。

だけど、お金で機嫌が直るのなら、私としてもありがたい。

「はいはい、ちゃんとやってくれたら後で二人に一杯お金あげるから」

「本当⁉ わぁ～い、雲母ちゃん、だ～い好き！」

そう言って、葵は急にヤル気を出す。

本当、現金な子……。

私の周りにいる子は、こんな子ばかり。

でも、それで問題なかった。

こういう人間が、一番扱いやすいから。

「あ、雲母ちゃん！　桃井が店に入っていったよ！」

私がそんな事を考えていると、葵が大きい声でそう言ってきた。

「ばか、桃井に聞こえたらどうするのよ」

「あ……ごめん……」

私が注意すると、葵はシュンっとした。

この子は言う事を素直に聞くけど、おバカなとこが問題だ。

でも、なにげに付き合いは長いし、こう見えて意外と口は堅いから、私は今回この子とみゆの二人に役目を任せた。

「じゃあ、予定通りにね」

私は葵にそう告げて、彼女と離れた位置に行く。

そして、従業員の動きに目を配る。

その中にみゆを見つけた。

私の存在に気付いたみゆがコクリと頷《うなず》き、他の従業員に声を掛け、桃井の姿が見えるところから離れさせる。

私は監視カメラの位置をあらかじめ把握しておいた。

そして桃井が監視カメラに映らないところに移動し、従業員が近くにいなくなった頃合いで葵に合図を送る。

桃井は今、真剣にスイーツを眺めていた。

意外と女の子っぽいところもあるんだね……。

正直、桃井がスイーツを喜んで食べる姿は想像出来ないけど、心なしか目がキラキラしているように見える。

だから、桃井はコッソリと近付いている葵に気付かない。

そんな葵は一番忍ばせやすいボールペンを手に持ち、ソッと桃井の鞄《かばん》を少しだけ開けると——忍ばせた。

私はそれを確認した後、みゆに合図を送るのだった——。

◆

どうして……どうしてこうなったの……？


「こら！　黙っとらんで、答えないか！」

「違うんです！　私はやってません！」

「じゃあ、これはなんなんだ！　お前の鞄から店の商品が出てきたんだ！　言い逃れなんて出来ないぞ！」

そう言って、このお店の店長らしき人が、袋に入ったままのボールペンを私に見せつけてくる。

それは、私の鞄から出てきたものだった。

私は今、この人に連れられ、お店の奥に閉じ込められていた。

そして——私は触ってもいないのに、どういうわけかお店の商品が私の鞄から出てきた。

現在、私は万引きの容疑で捕まっているのだ。

「正直に話さないのなら、家族を呼ぶしかないな」

「ま、待ってください！　本当に盗《と》ってないんです！　お願いします、信じてください！」

「証拠の品があるんだ！　そんな嘘《うそ》が通ると思うな！」

「本当なんです！」

だめ……全然信じてくれない……。

このままじゃあ、本当にお母さんたちに連絡されてしまう……。

「——はいは〜い、そこまで〜。店長さん、この子の事許してあげてよ」

「え……？」

突如聞こえてきたのは、この雰囲気に相応《ふさわ》しくない陽気な声。

私は声のしたほうを見る。

西条さん……？

なんで、彼女がここに……？

「誰だね、君は？」

「う～ん、私？　私は西条財閥の者だよ？」

彼女の言葉に、店長の顔色が変わった。

ここのスーパーも西条財閥の系列に入ってるお店だったはずだから、それで顔色が変わったんだと思う。

「ね、店長さん。そのボールペン私が買うから、この子の事——許して、く、れ、る、よ、ね？」

そう言って、西条さんはニコッと店長に笑いかけた。

そして店長は——

「も、もちろんです！」と、頭を下げたのだった。

——その後、西条さんに助けられた私は、彼女と一緒にお店の外に出ていた。

しかし、私は嫌な予感しかしない。

なぜ彼女があの場に、あんなタイミングで現れたのか——それはすぐに、彼女の言葉で明らかになる。

「ねね、桃井ちゃん。これな～んだ？」

「そ、それは……!?」

彼女が私に見せてきたのは、先程私が万引き犯として問いただされている時の写真だった。

あの時、コッソリと盗撮してたのね……。

「ふふ、まさかあの桃井ちゃんが万引き犯だなんてね～？　学園のみんなが聞いたら驚くだろうな～」

西条さんは楽しげに、私のほうを見てくる。

私はそんな彼女にすぐに反論した。

「違う！　私はしてないわ！」

だけど、彼女は笑いながら首を横に振る。

「でも～残念ながら、ここにその時の写真があるんだよね～。これがある限り、みんなは桃井ちゃんの事を、万引き犯としか見ないだろうね～？」

私は血の気が引くのを感じた。

やられた……これは、彼女に嵌《は》められたんだ……。

「何が目的なの？」

私はせめてもの抵抗として、彼女の事を睨《にら》んだ。

だけど――

「次、反抗的な態度とったら、すぐに今日の事言い触らすから」

彼女は先程笑っていたのが嘘だったかのように、冷たい表情で言ってきた。

「…………」

私は何も言い返せない。

彼女の機嫌を損ねて学園に万引き犯だと報告されれば、私が今まで積み上げてきたものが全て崩れ去ってしまう……。

その事は絶対に避けたかった。

私が黙り込んだ事に気分を良くした彼女は、また笑顔でこちらを見てきた。

そして――

「じゃあ、明日からよろしくね～、も、も、い、ちゃ、ん」

と、私の耳元で囁《ささや》いてきたのだった。

◆

それからの日々は地獄だった。

最初のほうはまだ良かった。

あの万引き犯として捕まった次の日に命令されたのは、肩揉《かたも》みや飲みものを買ってくるという内容だった。

それが日に日にエスカレートしていき、ついにはHなポーズを要求されるようになってしまった……。

でも、万引き犯として学園に報告されるくらいなら、服装はそのままで良かった事から、私は言う通りにしてしまった……。

それは——決してしてはいけない事だった。

ポーズをとっている時には気付かなかったけど……写真を撮られた後に見せられた私の姿は、正直かなり卑猥《ひわい》だった……。

これを見た人は、私をそういう職業の人だと思ってしまうだろう。

こんな写真が出回れば、私の学園での評判はすぐに地に落ちてしまう。

それどころか、あの怖い男たちが群がってくる姿しか想像が出来ない……。

そのせいで今日——

「桃井ちゃん、これ着てよ」

「え……？　こ、こんなの着れない！」

私が渡されたのは、猫のコスプレ衣装だった。

こんな恥ずかしいものを着られるはずがない。

「ふ～ん……逆らうんだ～……。じゃあ、万引きの事学園に報告しちゃおっかな～？　それにこの写真、男子たちにあげたら喜ぶだろうな～？」

「ひっ――！」

彼女はとても楽しげに私のほうを見ていた。

しかしその目は冷たく――『言う事を聞かないと絶対に許さない』と、私に告げていた。

「おねがい……します……。もう……やめて……ください……」

私はそう言って、頭を下げた。

これ以上こんな辱めに耐えられなかった。

「あははは、や～だ！　ねぇ、早く着替えないと、本当にバラまくよ？」

「や、やめて……」

「じゃあ、さっさとしろ」

「……は……ぃ……」

私は泣きそうになるのを我慢して、猫のコスプレ服を着る。

すると――

「お～、さすが学校一のモテ女だね～。凄く可愛いよ～」

「わ～本当だね～。いかがわしい店で働いてそうな感じだね～」

「いっそ働かせちゃう？　な～んてね～」

そう言って彼女たち三人は、私の事をスマホで撮りながら笑っていた。

なんで……私がこんな目に遭わないといけないの……？

「ねぇ、桃井ちゃん、今から猫のポーズとって、『にゃ～ん』って言ってよ」

西条さんは、そんな恥ずかしい事を言ってきた。

「い、いや！」

当然私は拒否をする。

そんな恥ずかしい事はもう嫌なの……。

でも――

「や、れ」

彼女はとても冷たい目で、私に命令してきた。

本当に泣きそうになってしまう……。

でも、ここで泣いてしまったら彼女たちの思うつぼだった。

だから私は泣きそうになるのを我慢して、彼女の命令に従う。

膝を折り曲げて地面につけ、右手を自分の顔の横に持ってきて、手を丸める。

そして――

「にゃ、にゃ～ん……」と、猫のものまねをした。

あぁ……もう……死にたい……。

なんで、こんな事を……。

「あ~ダメダメ！　もっと笑顔でしてくれないと、今日のノルマ終わらないよ？」

「そ、そんな……」

こんな酷《ひど》い辱めを受けていて、笑顔でなんて出来るはずがない……。

でも、彼女たちはそれを許してくれなかった。

——結局、何回もやり直しを命じられ、写真を撮られ続けたのだった。

◆

夕食を食べて部屋に戻った私は、今日の事を思い出し、涙が出てきた。

家族に気付かれないように、皆がいるところでは気を張っていたけど、一人になるともう我慢が出来なかった。

私は底なし沼にハマってしまった。

これから先、要求を断れば、今までの写真を全てバラまかれてしまう……。

でも、要求に従えば従うほど、恥ずかしい写真が増えていく。
もう私にはどうしようも出来なかった……。
私は先程届いたメッセージを見る。
そこには――
『明日は水着撮影だよ～♡　逃げたら、わかってるよね？♡』
と、書かれていた。

誰か……誰か助けてよ……。

――だけど、私の願いは誰にも届かない。
だって……誰にも相談出来てないもの……。
それに、誰に相談したらいいのかもわからなかった。
もう、海君《うみくん》ともやりとりをしていない。
Hなポーズをとらされるようになった頃から、私は彼に何も送れていなかった。
彼と連絡をとっていると、全てを話してしまいそうになってしまったから……。
あのまま続けてたら、きっと私は彼に全てを話してしまっていた。
でもそんな事をしても、ただ彼に心配をかけてしまうだけで、何も解決しない事は理解してた。

彼は、何処《どこ》に住んでいるのかもわからない相手。

そして、私も自分の住んでいる街などについて一切話していなかった。

だから、彼に助けに来てもらう事も出来ない。

でも彼は私が返信しなくても、何度かメッセージをくれていた。

今はもう、彼のメッセージも届かなくなってしまったけど……。

返信をしない私に呆《あき》れてしまったのかもしれない……。

お父さんにも、お母さんにも、桜《さくら》にも相談出来ない……。

海君にも見捨てられてしまった。

私に味方はもういなかった。


一瞬、彼——神崎《かんざき》君の顔が頭に浮かんだけど……ここ最近、彼は部屋からほとんど出てきていなかった。

何をしてるのかわからないけど、ご飯も自分の部屋で食べているらしい。

私がこんな目に遭っているというのに、彼はラノベでも読《よ》み漁《あさ》っているのだろう。

本当、いい身分なものね……。

「あはは、エッロ～。いいね、桃井ちゃん！　そのまま校庭にでも出てみる？」

「そ、それだけは……お願いです……許してください……」

上機嫌で私のほうを見ている西条さんに、私は頭を下げて懇願する。

「いや～、あの桃井が言いなりだなんて、いい気分だね、雲母ちゃん」

「ねぇねぇ、もっとやらせようよ～」

西条さんの取り巻きの二人が、そう言って西条さんを煽《あお》る。

「そうねぇ……じゃあ、桃井ちゃん。次はM字開脚しよっか？」

「は……い……」

私は言う通りに、水着姿のまま股を開き、M字開脚をする。

――もう、私に抵抗する意思はなかった。

そもそも、私はいつも冷徹女という仮面をつけているだけで、本当はそんなものをつけないと自分を守る事すら出来ない、弱い女。

そんな私がこんな地獄に耐えれるはずもなく、抵抗するよりも諦めたほうが楽だと思ってしまった。

「わ〜、すんなりしちゃったよ〜」

そう言って、西条さんの左側にいる女子が私の写真を撮り始める。

「ふふ、そろそろ頃合いみたいだね〜。桃井ちゃん、明日は下着撮影しよっか？」

「——っ！」

そ……そんな……。

断りたい……でも、声が喉から出てこなかった。

それに彼女の目が『拒否する事を許さない』と、告げている。

私はもう、西条さんに逆らえなかった——。

「それにしても……最近、写真や動画を一杯撮ったせいか、スマホの動作が遅いのよね〜」

そう言って、西条さんが不満そうにスマホを振っていた。

「あ、じゃあいいアプリ教えてあげるよ！　この前たまたま手に入れたんだけど、スマホ内のデータを全てアプリが取り込んで、なんか色々して動作を速くするんだよ〜。私使ってみたんだけど、驚くほど速度が速くなるの！　これ、パソコンにも使えるらしいから、雲母ちゃん使ってよ！　それに、みゆちゃんも！」

西条さんの左側にいた女子が、私の事を忘れたかのように、二人にスマホを見せる。

「お〜、それはいいね〜、私もすぐ使おうっと。家のパソコンにも桃井ちゃんの写真や動画保存しちゃってるから、ありがたいよ」

「そうだね、私も使うよ」

私は彼女たちのそんなやりとりを、ただボーっと見ていた。

もう、何も考えられなかった。

明日……私は下着姿を撮影されてしまうんだ……。

そして、ここまで来たらもうわかってしまった。

その先にさせられる行為が、なんなのかが——。

◆

「へぇ、可愛い下着だね～」

そう言って、西条さんたちが私の下着姿を撮り始めた。

私はただ、言われるがままにポーズをとり続ける。

もう抵抗なんて出来なかった……。

「桃井ちゃ～ん、これな～んだ？」

「え……？」

西条さんは、私に何かを見せつけてきた。

「ハサミ……？」

「せいか～い。さぁて、これは一体何に使うでしょうか～？」

彼女はそう言って、私にニコッと笑いかけてくる。

「ま……まさか……」

私は慌てて、自分の胸を手で覆った。

「お～さすが優等生！　察しがいいね～」

彼女はニヤニヤして、私を見てくる。


あ、悪魔……。

この女、悪魔でしかない……。


「まぁその前に、いい事を教えてあげるよ。明日は桃井ちゃんのために、パーティーを開こうと思うんだ～」

「パー……ティー……？」

「そうだよ～。明日は男子たちも呼んで、楽しい楽しいパーティーを開こっか」

「わ～、とうとうやるんだね、雲母ちゃん！」

「やっと、桃井が壊される姿が見られるんだ～」

そう言って、彼女たちは楽しそうに笑う。

ひどい……ひどいよ……。

なんで……なんで、私がこんな目に遭わないといけないの……？

「でも、雲母ちゃん。この様子なら、こんな回りくどい事せずに、さっさとやっちゃって良かったんじゃないの？」

「う～ん……まぁ正直言うと、私の計算違いっていうか、読み間違いがあったんだよね。まぁでも、慎重にするに越した事はないからね～。それに、桃井ちゃんを追い込んでいくのも楽しかったしね～」

「あはは、そうだね。あのいつも澄ました顔をしてた桃井が、こんなふうになるだなんて――本当雲母ちゃんは凄いよ～」

「ふふ、明日にはもっと面白いものが見られるよ～」

そう言いながら、西条さんは私の頭を撫《な》でてきた。

「明日は桃井ちゃんが壊れていく姿、しっかりと動画に収めてあげるからね？」

「いや……それだけは……絶対に嫌……」

「ふふ、そう言うよね～？　でもね――逆らえば、桃井ちゃんの妹を桃井ちゃんと同じ目に遭わせるから」

彼女は声を低くして、私に冷たい目を向けてきた。

「お姉ちゃんがこんな目に遭ってるって知ったら、妹ちゃんはどう思うかな～？　『言う事を聞いてくれれば、お姉ちゃんを助けてあげる』って言ったら、あの子はどうするだろうね～？」

「そ、そんな……」

だめ……そんな事されたら、あの子はきっと言う事を聞いてしまう……。

「お願いです……桜には手を出さないでください……」

「だったら、どうすればいいかわかるよね？」

「は……ぃ……」

私は全身に力が入らなくなってしまい、地面に倒れこむように俯《うつぶ》せになった。

……もう……無理……。

「――うぅ……ぐすっ……」

もう……私は涙を抑える事が出来なかった……。

「あ～あ、とうとう泣いちゃった～。今まで頑張って涙だけは流さなかったのにね～。そんなに嫌なのかな～？」

「いや……です……。お願いです……もう、許してください……」

「あはは、だ～め。大丈夫大丈夫、痛いのは最初だけで、あとは気持ちいいらしいから

～。まぁ、私は経験ないから知らないんだけどね～」

「えぇ～、雲母ちゃん経験ないの？　もう、とっくにしてるものかと思ってたよ～」

彼女たちは私のお願いなんて無視して、別の話で盛り上がり始めた。

「してないよ～？　だって、周りにカッコイイ男がいないんだもん」

「それなら南君《みなみ》は？　彼凄くイケメンだよ？」

「あ～だめだめ。私が求めているカッコイイってのは、顔じゃないの。なんていうか、怖いとさえ思わせるような、そんな性格をした男がいいのよ。まぁ、顔がカッコイイ事は絶対条件だけどね～」

「雲母ちゃんの理想の男性って、そうそういなさそ～」

「そうなんだよね～。……まぁ話はこの辺で、最後の仕上げに入ろっか」

そう言って、西条さんは私のほうに振り返り、歩み寄ってきた。

その右手にはハサミを持って――。

「こ、来ないで！」

私は本気で身の危険を感じ、咄嗟《とっさ》にそう叫んだ。

「お～、まだそんな事言える元気があったんだ？　ふふ、そんなに怖がらなくても大丈夫だよ～？　最後に一枚裸の写真を撮ったら、今日はおしまいにしてあげるからさ～」

「いや！　絶対嫌なの！」

「みゆ、葵、押さえといて～」

「「は～い」」

西条さんの言葉に従って、取り巻きの二人が私の右手と左手を押さえてきた。

「は、離して！」

「あはは、そんなに暴れると、ハサミで肌を切られちゃうよ～？」

「やめて！　来ないで！」

私は懇願するように、一生懸命叫ぶ。

だけど、私の叫びなど気にも留めず、西条さんはニコニコしながら近寄ってくる。

その歩き方は、酷くゆっくりだった。

私の恐怖を煽るように、わざとゆっくり近付いてきていた。


お願い……誰か……誰か助けて……。

私がそう強く願った時――
バン――！
――その音と共に、体育倉庫のドアが開いた。
私は反射的にドアのほうを見る。

――なんで……なんで彼が……ここに……?

◆

俺が体育倉庫のドアを開けると、下着姿で西条の取り巻き二人に押さえられている桃井と、ハサミを片手に持った西条の姿が目に入った。

「神崎……? あんた、ここ最近学園休んでたんじゃないの?」

西村が怪訝《けげん》な表情で、俺に問いかけてきた。

西村の言う通り、俺はここ数日学園に行っていなかった。

そんな俺が、今ここに制服姿でいる事を疑問に思っているのだろう。

だが、俺がそれに答える義理はない。

俺には今、腸が煮えくり返るほど、怒りが込み上げてきていた。

そんな俺の感情を知ってか知らずか、西条たちは俺から視線を逸《そ》らさない。

やがて――

「あはっ、いい事考えた~」

俺のほうを見ていた西条が、そう言ってニヤニヤしながら、俺のほうに歩み寄ってきた。

「ねぇ、神崎。あんたどうせ童貞でしょ? 今なら学校一のモテ女とやらせてあげるわよ？」

そう言って、桃井のほうを指さした。

俺は西条のほうを一瞥《いちべつ》し、溜息《ためいき》をつく。

そして、桃井のほうを見た。

すると、西条の取り巻きの二人は桃井を拘束から解放した。

「ほら神崎、早く行きなよ」

そう言って、西条は俺の背中を押してきた。

俺はその言葉に従い、シャツを脱ぎながら、桃井に歩み寄る。

「ひっ――」

桃井は、俺の事を怯《おび》えた表情で見ていた。

この状況で彼女が怯えるのも、無理はない。

傍《はた》から見れば、今から俺は桃井を犯そうとしているように見えているだろう。

背中からは、西条たちの笑い声が聞こえてきていた。

――だが、俺は別にあいつらの言う事を聞く気はなかった。

「桃井――」

俺が名前を呼ぶと、桃井はギュッと目を瞑《つぶ》った。

まるで、何かに耐えるような態度だ。

俺はそんな桃井に——

「これを着ていろ」

——自分の脱いだシャツを、桃井の肩からかけてやった。

「え……？」

桃井は驚いた表情で、俺のほうを見てくる。

「悪いが……今はこれしかない。それと、桃井の髪留めを貸してくれるか？」

俺は桃井に合わせてしゃがみ込み、そうお願いした。

「あ……はい……」

桃井は俺の言葉に素直に従い、自分の髪から髪留めを外して、俺に渡してくれた。

俺はそれで、自分の邪魔な前髪を留める。

うん——これでよく見える。

俺は一度、桃井の顔を見た。

桃井は下着姿を俺に見られている恥ずかしさからか、顔を赤く染めていた。

そしてその目には、涙がたまっている。

何をされてたのかを見ていなくても、彼女が酷い目に遭わされていたのは簡単に想像がつく。

「──どういうつもり、神崎？」

俺の後ろから、西条が低い声色で話しかけてきた。

自分の想像とは違う行動を俺がとったからだろう。

俺は立ち上がって、西条たちのほうを見る。

俺の顔を見た西条たちは、なんだか驚いた表情をしていた。

「へぇ……あんたそんな顔だったんだ？　ちょっと──いや、凄く意外ね。でも、見てくれが変わっただけで、中身はあのボッチ君でしょ？」

そう言って、西条は俺を馬鹿にした表情で見てくる。

俺一人なら、どうにでもなると思っているのだろう。

俺はそんな西条の目を見て、話しかける。

「おい西条。お前、これが犯罪だってわかってやっているのか？」

俺の言葉に、西条は口元を歪《ゆが》めて笑う。

「犯罪～？　何言ってるの？　これは同意の上でしている事だよ？　ねぇ、桃井ちゃん？」

そう言って、西条は桃井のほうを見た。

桃井の顔を見ると、恐怖の色が浮かび上がっている。

西条に話を振られた桃井は、俺たちから目を逸らし、ゆっくりと口を開く。

「神崎君……。私たちは遊んでただけだから……気にしないで……」

桃井は震えた声で、そう答えた。

もう完全に心を折られているようだ。

俺は桃井から目を逸らし、西条のほうを見る。

「理解出来たかな～？　桃井ちゃんは私に逆らえないの。逆らえば自分の恥ずかしい写真がバラまかれるからね～。だから、私の事を訴える事も出来ない」

西条はそう言って、楽しそうに口元を歪めている。

逆に桃井は、うなだれるように俯《うつむ》いてしまった。


俺はそんな桃井の頭を、ポンポンっと優しく叩《たた》く。


俺に頭を叩かれた桃井は、涙目で俺のほうを見上げた。

その表情からは、完全に諦めている事が窺《うかが》える。

だから俺は――
「大丈夫だ――俺に任せろ」と、優しく笑いかけた。

「――ふざけてるの？」

先程の俺の言葉を聞いた西条が、こちらを睨んでくる。

「何がだ？」

俺は西条に対して、首を傾げた。

俺の態度に腹が立ったのだろう――西条は一瞬しかめっ面をして、すぐに口を開く。

「この状況がなんとかなると思ってるわけ？　言っとくけどあんたが何かすれば、私はそいつの写真をバラまくからね」

そう言って、西条がスマホをチラつかせる。

俺はそんな西条から視線を外し、腕時計を見た。

現在の時刻は十七時五十九分五十秒。

俺は時間を確認した後、西条たちに見せつけるようにして右手を握りしめ、カウントダウンを開始する。

「十……九……八……」

「は？　急に何？」

西条たちが俺のほうを訝《いぶか》しげに見ていたが、俺はカウントダウンをやめない。

「三……二……一……ボン――」

俺は『ボン――』という言葉と共に、握りしめていた右手を開いた。

「あはは、恐怖から頭がどうかしちゃった？」

そんな俺の事を、西条たちは嘲笑《あざわら》う。

だから俺は、西条たちに笑顔で話しかける。

「なぁお前ら、自分のスマホの画像ファイルを見てみろよ」

「――は？」

「お前の言う桃井の写真とやらは、本当にあるのか？」

俺の言葉に、西条たちはすぐに自分のスマホを見る。

そして――

「「「はぁあああああああああ⁉」」」と、西条たちの叫び声が、体育倉庫に響き渡る。


「あんた何をしたの⁉」

西条が俺の事を凄い表情で睨んできた。

先程までの余裕が、西条から消えている。

俺はそんな西条の言葉に、わざとらしく肩を竦《すく》める。

「さぁ、なんの事だ？　俺は何もしていないが？」

「ちっ――とぼけないで！　さっき撮った桃井の写真や動画どころか、私のスマホに入ってた画像や動画が全て消えてる！　あんたが何かしたとしか、考えられないじゃない！」

俺は西条の質問に答えるのではなく、隣にいる西村を見る。

「なぁ西村、あのアプリは気に入ってくれたか？」

俺の言葉に、西村が訝《いぶか》しげに首を傾げる。

「一体なんの事？」

「スマホの動作を速くするアプリの事だよ。お前、スマホの動作が遅いって困ってただろ？」

俺がそう告げると、西村の顔がみるみるうちに青くなる。

俺が言いたい事がわかったのだろう。

――俺は、前にスマホの動作が遅いから困っていると文句を言っていた西村に、動作が速くなるというのを餌にして、このアプリをインストールするよう仕向けた。

彼女は物事を考えて行動しないタイプで、自分が気に入ったものを周りに広めるという性格をしている。

だから、俺は彼女を標的にした。

「葵、あんたあのアプリ、何処から手に入れたの⁉」

西条が凄い剣幕で、西村に詰め寄る。

西村は申し訳なさそうに、目を背けて口を開いた。

「あの……数日前にメールが来て、無料だから試しに使ってみればいいって書いてあったから、使ってみたの……」

西村の言葉に、西条とその隣にいた清水が目を見開く。

「あんた馬鹿じゃないの⁉　そんなもの普通無視するでしょ！」

「そうだよ葵！　なんて事してくれたのよ！」

「だ、だって～！　まさかこんな事になるだなんて、思わなかったんだもん！」

西村は涙目で、怒っている西条たちに答える。

「ま、まぁ……でも……バックアップは家のパソコンにとってあるから……」

西条は、そう呟《つぶや》いた。

西条の言葉に、西村と清水が安心したような顔をする。

西条の怒りが緩まったからだろうな。

だが――

「一つ聞くが、お前ら、自分のパソコンにそのアプリを入れてないのか？」

俺の言葉に、西条たちの顔が引きつる。

パソコンにアプリを入れた記憶があるのだろう。

もちろん俺は、こいつらがパソコンにもアプリを入れて使っていた事を確認している。

「ま、まさか……パソコンのほうも……？」

「まぁアプリを入れていたら、十中八九画像や動画は全て消えているだろうな。そのアプリの本来の目的は、お前らが使っていたように、スマホやパソコンの動作を速くする事だった。その手段として、そのアプリはスマホやパソコン内にあるデータを、全て自動でアプリに取り込み、整理をする。そして俺は、そのアプリに取り込んだ画像や動画データを全て、今日の十八時に削除するように設定した。もちろん、復元は出来ないようにもしている」

「ふざけないでよ！　彼氏との思い出の写真まで、消えたじゃない！　一体どうしてくれるのよ！」

そう怒鳴ってきたのは、清水だった。

俺は清水に冷たい目を向ける。

「だから？」

俺の問いかけに清水は怯えた表情をしたが、何も言ってこない。

だから俺は言葉を続ける。

「お前の彼氏との写真なんて、知った事じゃねぇよ。クズが偉そうに文句言ってんじゃねぇぞ」

俺の言葉に、清水と西村は怯えた顔をしている。

だが、西条は違った。

「あはは、なるほどなるほど。まさかあんたにそんな芸当が出来たとはね～」

そう言って西条は、拍手しながら笑顔を向けてきた。

先程俺が清水に意識を向けた数秒の間に、冷静さを取り戻していたようだ。

さすが、ここまでの事が出来ただけはある。

「桃井ちゃんの写真を消されたのは残念だけど～……ねぇ、葵。そのアプリ私たち以外にも配った？」

「う、ううん。まだ雲母ちゃんとみゆちゃんにしか渡してないよ……」

西村の言葉に、西条はニヤリと笑う。

「ふふ、神崎。残念ながら桃井ちゃんの写真を持ってるのは、ここにいるメンバーだけじゃないの。桃井ちゃんに隠していただけで、既に私のグループの他のメンバーにも渡してあるわけ。だから、桃井ちゃんの恥ずかしい写真は残っているよ？　ねぇ、どうする？　あんたの勇み足のせいで、桃井ちゃんはこれから恥ずかしい思いをして生きていく事になるよ？　ね、二人とも？」

そう言って、西条は西村と清水を見る。

西条に視線を向けられた二人は、すぐさま頷いた。

彼女たちが頷いたのを確認すると、西条は俺のほうをもう一度見てくる。

「このまま彼女の人生を終わらせてもいいけど、それはちょっとつまらないんだよね～。それに、神崎。あんたには画像とかを消してくれたお礼もしたいからさ～――あんたが私たちに服従するなら、桃井ちゃんの写真をバラまくのはやめてあげるよ？」

そう言って、西条はニコッとした。

だが、その目は笑っていない。

有無を言わさない圧力をかけてきている目だった。

――これは彼女なりの交渉術なのだろう。

もし他の人間が同じような内容で交渉されていたのなら、条件を吞《の》んでいたのかもしれない。

だが、俺にそれは意味がなかった。

「悪いが、その条件を吞む気はない」

俺は西条にそう答えた。

西条は目を細めて、俺の事を見る。

「ふ～ん……助けに来といて、桃井ちゃんの事を見捨てるんだ～？」

俺は西条の問いかけに首を振る。

「見捨てる見捨てない以前に、その交渉には意味がない」

「何が言いたいのかな?」

「ハッタリ――だろ?」

俺の言葉に、西条の眉がピクッと動いた。

だが、すぐに笑顔を作る。

「何言ってるの? 言っておくけど、本当に他のメンバーに配ってるから。なんなら、ここに呼んで証明しようか?」

西条はスマホを俺に掲げる。

その態度は自信満々だった。

なるほど……一見すれば、本当の事を言っているようにしか見えない。

だが――

「あぁ、やってみろよ」

「え……?」

「どうした? 今すぐ呼んでくれるんだろ?」

俺の言葉に、西条が固まった。

まさか、そんな返答が来るとは思わなかったんだろう。

西条がどれだけハッタリをかまそうが、今回の事を全て知っている俺には、一切意味がない。

「なぁ西条――何か勘違いしているみたいだが、俺があのアプリに仕込んでいたのは、画像や動画を消すだけのものじゃないぞ？」

「は……？」

西条は俺が何を言っているのかわからない、といった顔をしている。

「お前らが使用しているチャットアプリのログを、全て取得させてもらった。ここ最近の内容は相手を問わず全てチェックしたから、お前らが他の人間に画像などを送っていないのも確認しているし、桃井を万引き犯に仕立てあげたという会話も残っているぞ？」

俺の言葉に、西条の顔から笑顔が消えた。

俺は清水のほうを見る。

「なぁ清水、いくら彼氏が相手だからって、お前の頭の中には行為の事しかないのか？」

俺の言葉に、清水の顔は真っ青になった。

俺が言う行為というのが、何を意味するかわかったのだろう。

「それに西村、お前意外と腹黒いんだな。他の奴《やつ》との会話内容の半分以上が、表向き仲良くしている女子の悪口だとは思わなかったぞ」

西村も清水同様、顔色が変わる。

そして二人とも、地面にくずおれた。

俺はそれを横目で見た後、西条のほうに向きなおる。

「なぁ、西条。お前らの会話ログは全て俺の手にある。お前らが桃井に色々と命令してやらせていた会話も、しっかり残っている。もうお前らの負けだよ」

俺がそう言うと、西条は鼻で笑った。

「会話ログがあるからって、どうしたって言うの？　あんたが確認した通り、私たちは桃井の画像をチャットアプリで送っていない。つまり、そのログにも残ってないわけ。ましてや、あんたが私たちの持っていた画像も全て消してしまっている。なのに、どうやって私たちが桃井にしてきた事を証明するわけ？　物的証拠は何一つない。会話ログだけなら親の力で、私たちが面白可笑《おもしろおか》しく話をしていただけだっていう事にして、今回の事を揉み消す事が出来る。つまり、あんたが持っているその会話ログでは私たちを追い込む事なんて出来ないわよ？」

西条は俺の事を睨みつけながら、そう言ってきた。

確かに西条の家の力なら、それくらい可能だろう。

だから、俺はわざわざこの時を待ったのだからな。

俺は、桃井がへたり込んでいる所に歩いて行く。

桃井は俺のほうを信じられないといった表情で見つめていたが、今はそれに取り合っている暇はない。

俺は体育倉庫に隠しておいたものを拾い上げる。

「お前の言う通り、物的証拠がなければお前らを追い込めないだろうな。だから、俺はそれが手に入るのを待ったよ」

そう言って、隠しておいたスマホを見せつけた。

「ま、まさか……」

西条の表情が、怯えと後悔の入り混じったものに変わる。

「そう、これには今日の会話が全て録音されている。お前たちの楽しげな笑い声や、桃井の叫びがな。それと、この内容は家のパソコンにも通話を繋《つな》いで録音しているから、たとえお前がこのスマホを奪っても無駄だ」

俺がそう言うと、西条は泣きそうな顔で俺の事を睨んできた。

「ふ、ふざけるな！　あんたみたいなボッチのオタクが、私の計画を邪魔するな！」

必死な表情で怒鳴る西条に、俺はゆっくりと近付く。

「く、来るな――――！」

西条はそう叫び、両手でハサミを俺に向けて構える。

だが――俺は歩みを止めない。

この女が俺を刺さないと、確信しているからだ。

俺が進むのに合わせるように、西条は後ろに下がっていく。

「あんた一体なんなの⁉　本当にあの神崎⁉　全くの別人じゃない⁉」

西条の目は、今の光景が信じられないとでも言いたげだ。

「何って、お前が言うように俺はボッチのオタクだよ。でもな、知ってるか？　オタクって生きものはな――普段は気弱かもしれないが、自分の大切なものを傷つけられると豹変《ひょうへん》するんだ。そして、お前は俺の大切な家族《もん》を傷つけた、ただそれだけだ」

俺がそう言い終わると、ジリジリと後ろに下がっていた西条が、壁に当たった。

俺は西条の逃げ場をなくすように、自分と壁で西条を挟み、右手を西条の顔の横についた。

そして、ゴミでも見るような目で、西条の目を至近距離から見つめる。

「くっ――」

俺の視線から逃れるように、西条は俯いた。

だから俺は空いている左手で、西条の顎を下からクイッと持ち上げ、俺のほうに無理矢理向けさせる。

「は、離して！」

「お前、桃井のその言葉を無視したよな？　なのに、俺が聞くと思うか？」

「うぅ……」

俺はあえて低く、囁くように声を出す。

「なぁ西条──お前と桃井、人生が終わったのどっちだろうな?」

「ひっ──!」

西条は怯えたような声を漏らし、やがて目から涙が流れ始めた。

そして、その手からはハサミが落ちていく。

──それから数十秒間、西条は俺に抵抗してこずに、ただひたすら涙を流している。

俺は少しだけそれを眺めた後、自分の中に渦巻く怒りの感情を外に逃がすように、大きく息を吐いた。

そして──

「何もしないさ」と、優しい声で西条に笑いかけた。

「え……?」

俺の言葉に、西条は驚いた表情で俺の顔を見てくる。

まさか、この場面でそんな事を言われると思わなかったのだろう。

正直言えば、このまま西条たちを無茶苦茶にしてやりたいという気持ちはある。

だが、それは結果的に桃井を傷つける事になる。

だから俺は、ここで西条を追いつめるのではなく、救いの手を伸ばした。

「許してくれるって事……？」

西条は涙目で俺を見ながら、そう聞いてきた。

「許す……か……。それは少し違うな。俺が言いたいのは、ここらで手打ちにしようという事だ。経緯はどうあれ、俺はお前たちの大切な思い出も消してしまった。それはどうやったって、もう戻ってこない。人それぞれに個人差はあれど、思い出というのは誰にとってもかけがえのないものだ。それがなくなったという事は、ショックが大きいものだろう。だから、もう桃井に手を出さないでくれるなら、それ以上俺はお前たちに酷い事をするつもりはない」

「痛み分けって事……？」

「そうだ。あぁもちろん、桃井の妹に手を出しても俺はお前たちを潰すぞ？　だがそれをしないなら、今回の事を他言する気はない」

俺がそう言うと、西条はへたり込んでしまう。

安心して力が抜けたのかもしれない。

俺が嘘を言っていない事は、さっき笑顔を向けた事で、理解しているだろう。

それに、俺がここを落としどころにしたい理由もこいつは理解しているだろうから、俺が告げ口をしないと信じるはずだ。

俺は西条から目を離し、桃井のほうを見る。

彼女は俺の事を、唖然《あぜん》としたまま見ていた。

俺はそんな彼女に歩み寄る。

「──桃井、これでもう大丈夫だよ」

俺がそう言うと、桃井が俺に抱き着いてきた。

「も、桃井……？」

「ひっく……こわかった……こわかったよぉ……」

桃井は俺の胸に顔を押し付け、そう漏らす。

俺はそんな桃井に戸惑っていた。

いくら追いつめられていたとはいえ、今の桃井は俺の知る桃井と別人に見える。

どう声を掛けるか迷ったが──

「よく頑張ったな」と、優しく言った。

俺がそう言うと、桃井は更にギュッと抱き着いてくるのだった──。

◆

っていた。

あの後――桃井が制服に着替えるのを待ち、西条たちを置いて俺たちは家を目指して帰っていた。

体育倉庫を出ても桃井の調子は戻らなかったため、俺は桃井を軽く引っ張るようにしながら、手を繋いで歩いていた。

時折桃井は、甘えるように俺の手をニギニギするだけで、何も言ってこない。

俺は彼女の気が済むまで、好きなようにさせていた。

やがて、桃井が足を止めた。

俺は桃井のほうを振り返り、彼女の事を見る。

彼女は目をうるませながら、俺の事を見ていた。

「どうした?」

俺がそう尋ねると、桃井はゆっくりと口を開いた。

「どうして……助けてくれたの……?」

「どういう意味だ?」

「だって……あなたはこんな事する人じゃないのに……」

俺は桃井の聞きたい事を理解する。

確かに、俺は西条を相手にこんな事をするような人間じゃないな。

というか、本当ならしたくなかった。

なぜ――俺はあの場に現れたのか？

どうして――あれだけ周到に準備が出来たのか？

それは、一週間前に遡る――。

◆

「お兄ちゃん……お姉ちゃんを助けて……」

桜ちゃんは泣きそうな表情で、俺の部屋にきた。

俺は桜ちゃんを部屋に入れ、ベッドに腰掛けさせる。

こんな焦っている桜ちゃんを見るのは、初めてだった。

余程の事が起きているんだろうが……。

「一体どうしたんだ？」

俺の問いかけに、桜ちゃんがゆっくりと口を開く。

「お姉ちゃんの様子が変なの……」

桜ちゃんの言葉に、俺はここ最近の桃井を思い浮かべる。

…………別段変わったとこもなかった気がするが……？

「別に俺は変わったとこはわからなかったけど、気のせいじゃないのか？」

「ううん、そんな事ないよ！　だって、お姉ちゃん最近、お兄ちゃんに突っかかってないもん！」


……え？

様子がおかしいってそこ⁉

何か思いつめてるとかじゃなくて、俺が桃井に罵倒されていないのがおかしいの？

た、確かにここ数日文句を言われた記憶がないが……。

桃井が俺に突っかかってくるのが当たり前になってるのって、どうなんだ……？

「ほ、他には変わったところはないかな？」

俺はちょっと、悲しい気分になりながら桜ちゃんに問いかける。

それに、それだけで様子がおかしいって言われるのは、桃井も納得いかないはずだ。

「えっとね……無理して笑ったような顔をしてて、時々一瞬だけど、凄く思いつめた表情になるの……。それに、最近生徒会のほうにも顔を出してないらしくて……。きっと、おかしな事に巻き込まれているんだと思う……」

「なるほど……」

なんだ……ちゃんと思いつめてるんじゃないか……。

——って、思いつめてたらだめだろ！

なんで俺逆に安心しちゃってんの⁉

桃井の異変は俺にはわからないが、生徒会に出ていないのは、あの真面目な桃井からして、おかしい。

それに、桜ちゃんだからこそ気付けたという事は考えられる。

今までずっと桃井の傍にいた桜ちゃんなら、桃井に少しでも変化があればわかるのかもしれない。

とはいえ、どうする？

俺が桃井に聞いて素直に話してくれるとは思えない。

なら桜ちゃんに聞いてもらうか？

——いや、桜ちゃんが聞いて教えてくれるのなら、きっとこの子は先に桃井から聞いてくるはずだ。

それを聞いていないという事は、桃井が話してくれないとわかっているから俺のところに来たのだろう。

…………………これ、しかないか？

うわー……バレたら……というか、これで何もなかったら、俺、桃井に殺されるんじゃないか……？

──俺は桃井が何に巻き込まれているのかを知るために、桜ちゃんに協力してもらいながら、意を決して桃井のスマホをハッキングした。

「……まじか……」

俺は桃井のスマホから抜き取ったログデータを目にして、驚きを隠せなかった。

まさか、この件に西条さんが関わっていたとは……。

しかもやりとりを見るに、西条さんは段階を細かく分けて桃井を追いつめているようだった。

おそらくは、桃井の逃げ道を塞ぐためなんだろうが……。

……だめだ、これ……最初で詰んでる……。

わざわざ西条さんが段階を踏んでいるのは、桃井を警戒しているんだろうが──これはどうあがいても、桃井が逆らえるはずがない。

別にあいつが優等生のイメージを大切にしてるとか、そういう事じゃない。

桃井は気付いてないかもしれないが、最初の万引き犯として写真を撮られてる時点で、桃井は人質をとられている……。

まず、画像データや動画のほうを消させるしかないな……。

データを消させるにはこちらが接触出来ない以上、アプリにするしか――そうだ！

俺は少し前に西条さんといつもいる、西村さんがスマホの動作が重たくて困っていると会話していたのを思い出した。

彼女の性格なら、十中八九こちらの思い通りに動いてくれるだろう。

西村さんの連絡先は、桃井のスマホから手に入れていた。

だから俺は、前に作ったパソコンの動作を速くするアプリと、桜ちゃんのために作ったスマホのアプリを改造して西村さんが使うように仕向けた。

そうすれば、彼女の性格上、必然的に西条さんの元にもアプリが行く。

だが、そのためには時間が足りない。

こういうアプリは、同じＷｉｎｓｏｗｓでも7と10――つまり、バージョンが違うだけで正常に動作しないなどのバグが起きる事がある。

それはスマホのＡｎｂｒｏｉｄでも同じだ。

だから、全てのバージョンに合わせて作り直す必要がある。

しかし……OS——要はWinsowsなどでも、俺の手元にはWinsows10しかない……。

失敗は許されないから……仕方ないな……。

——俺はネットで、テスターをしてくれる人たちを集める事にした。

あらかじめこのアプリを入れていないパソコンなどに、データさえ移動させていれば問題ないため、テスターはすぐに集まってくれた。

……その代わり、今まで俺が稼いだ貯金は大分なくなったがな……。

同じOSでも複数人にしてもらう必要があるせいで、かなりの大人数にテスターをしてもらわなければいけないから仕方ないのだが……。

まぁ、これも桜ちゃんのためと思えば納得出来る。

決して——桃井のためではない！

……俺は誰に言い訳をしているんだ……？

睡眠不足のせいか、思考回路がおかしくなっているのかもしれない……。

◆

――西村さんに上手《うま》くアプリを使わせる事が出来た俺は、遠隔操作で西条さんたちの会話ログを入手し続け、状況を全て把握していた。

だが、その時に西条さんたちを追い込む決め手が見つからなかった。

会話ログだけでは、西条財閥の力で揉み消されてしまう。

だからといって、物的証拠として桃井の写真を使うつもりはない。

そんな事をすれば、彼女の写真は多くの人間の目に晒《さら》される事になるし、何より西条さんたちが画像を送っていない限り、誰が写真を撮ったのかを証明出来ない。

彼女たちが写真を撮ったという会話は残っているが、それだけでは先程述べた通り、揉み消されてしまう。

だから俺はあいつらが言い逃れをする事が出来なくなるまで、待ち続けた。

西条さん……いや、西条は俺の期待通りに証拠を作ってくれた。

ただ、スマホは体育倉庫内に隠していたため、俺は中の状況が聞こえるところに身を潜め内容を聞いていたのだが……。

「クソ……だな……」

俺は中から聞こえてくる、楽しそうに話している西条たちの笑い声に怒りが込み上げてくる。

内容もそうなのだが、こいつらの声を聴いていると、あいつを思い出す。

元々は証拠さえ手に入れば、十八時で全て消えるようにしていたため、乗り込むつもりはなかったのだが――桃井の悲鳴が聞こえた時に、俺の怒りは頂点に達し、体育倉庫内に乗り込んでしまったのだ。

――それが、俺が体育倉庫内に乗り込むまでにしていた行動だった。

だが、今思えば、どっちみち乗り込まなければいけなかっただろう。

桃井が決定的な写真を撮られたとして、それがバラまかれる前――そして、あいつらの行動が終わるであろうギリギリの時間を狙ったのだが、結局十八時になる頃にも終わっていなかったからな。

むしろ怒りで我を忘れかけてた分、助かったかもしれない。

――しかし、それらの事を俺は桃井に言うつもりはなかった。

だから、桃井が聞いてきた、助けた理由に対してはこう返すとしよう――。

「家族を助けるのに理由なんていらないだろ、義姉《ねえ》さん」と、桃井に笑いかけた。

「……キモい………」

俺から顔を背けた桃井は、頬を赤くしたまま、そう呟いた。

「お、お前……あの場に助けに入ったヒーローに対して、その言い草はないだろ……？」

「あなた、自分の事をヒーローって思ってたの？　本気でキモいわ……」

うん、言った俺自身もそう思ったけど、なぜだろう、やっぱお前に言われるとムカつく！

でも、微妙に気が削《そ》がれる。

お前そういう事は、いつもみたいな冷たい表情で言えよ。

なんで頰を赤く染め、瞳をうるませながら、罵倒してきてるんだよ。

おそらく先程泣いていたのを引きずっているんだろうけど、文句を言いづらい。

……うん、今日はもう言い返すのはやめよう……。

別に、桃井の表情を可愛いと思ったから言うのをやめたわけじゃないからな……？

ただ、先程まで追いつめられていた子に文句を言うのは可哀想《かわいそう》だと思っただけだ。

……本当だぞ？

「——ねぇ、もう一つだけ教えてほしいんだけど……なんで、最後西条さんに優しくしたの……？」

俺が一人葛藤していると、桃井が先程の事を聞いてきた。

その言い方は少し口をとがらせ、拗《す》ねているように見えた気がする。

……彼女を陥れようとした相手を、見逃した事を怒っているのだろうか？

俺は少し迷ったが、今後の桃井のために正直に教える事にした。

今の雰囲気の桃井相手ではやりづらいが、俺は今まで桃井に接してきた態度を意識して、話し始める。

「なんだ、あのままあいつらの人生を終わらせて、仕返ししてほしかったか？」

「そ、そういうわけじゃないけど……」

「じゃあ、なんでそんな事を聞く？」

「え、えっと……」

俺の言葉に、桃井が言いづらそうに視線を彷徨《さまよ》わせる。

中々答えそうになかったため、俺は先に言葉を発する事にした。

「あいつらをこのままほうっておいたら、仕返しをしてくる――か？」

俺の問いかけに、桃井は不安そうに頷いた。

俺はそんな桃井に対して、首を横に振る。

「あいつはそんな事しない」

「え？」

俺の言葉に、桃井が不思議そうに俺の事を見た。

「お前、西条の事を馬鹿だと思っていただろ？」

「そ……それは……」

桃井は俺から目を逸らす。

図星だったのだろう。

「なんで、そう思った？　テストの成績が悪いからか？」

「う、うん……」

「そこがそもそも間違っている。学力で人間の賢さがはかれるなんて思うな」

「どうして……？　学力が賢さに繋がるのは、当然の事じゃないの？」

俺は首を傾げる桃井に、溜息をつく。

そんな俺の態度に、桃井はムッとした。

お——暴言が来るか……？

だが、桃井は口を開こうとして閉じた。

……本当、やりづらいな……。

……ちょっと待て、俺……。

これじゃあ、桃井に罵倒されるのを心待ちにしてるみたいじゃないか……。

俺は慌てて首を横に振り、今頭を過《よぎ》った考えを吹き飛ばし、話を続ける。

「俺は一年生の時から西条と同じクラスなんだが——あいつは、授業を一切聞いていない。だから、テストの成績が悪い」

「それは結局、頭が悪いと思うけど……？　だって、授業聞かないって……」

そう言って、桃井が顔をしかめる。

「本当にそう思うか？　なぜ、あいつは授業を聞いていないと思う？」

「それはめんどくさいからじゃないの？」

「違う、必要ないからだ」

俺の言葉に、桃井は首を横に振る。

「成績は、そのまま将来に影響するわ。だから、必要に決まってる」

「いいや、必要ないさ。あいつにはもう、将来歩むべきレールが敷かれている。きっと、家の力で有名な私立大学に入るだろう。そして、親の後を継ぐ。だから、あいつにとって授業は不必要なんだ。だからといって、他の奴らが授業中寝ている中でも、あいつは寝ていない。じゃあ、何をしていると思う？」

「わ、わからないわよ！　だって、一緒のクラスになった事ないもん！」

「まぁ、そうだろうな……。——帝王学、心理学、交渉術、偉人、今挙げたものに関する本を、一年生の時、俺があいつの隣の席だったり、近くの席だった時にあいつは真剣に読んでいた」

俺の言葉に、桃井は目を見開いて驚いている。

まぁ、普通、こんな本を読む学生なんていないよな。

前に俺が西条を危険視していると話した時に、理由は複数あると言ったが、それがそのうちの一つだ。

「あいつは賢い。自分の力が及ぶ範囲をしっかりと把握していて、人を従える術《すべ》を知っている。なぁ桃井、なんであいつはお前を追いつめるのに、あんなに回りくどい事をしたと思う？　万引き犯として仕立てあげられたお前に言う事を聞かせるのに、なんで最初はしようもない内容からスタートした？　そして、段階を踏むにしては細かすぎなかったか？」

俺の言葉に、桃井は嫌な事を思い出したのか、一瞬暗い表情をした。

そして、首を横に振る。

わからないか……。

「あいつが甘い内容で命令したのは、お前が言う事を聞くようにするためだ。一度に命令の難易度を上げれば、拒否されやすい。だけど、甘い段階から入れば、お前は万引きの事と、命令を天秤《てんびん》にかけて命令に従う。そして、それから少しずつ難易度を上げていけばいい。そうすれば、お前は常に命令とリスクを天秤にかけて、命令に従ってしまう。人間は楽なほうに逃げる習性があるからな。逆らって何か酷い仕打ちをされるよりも、素直に従ったほうがいいと考える。実際お前も命令された時は、命令に従ったほうがいいと判断し、その後凄く後悔したんじゃないのか？」

「う……うん……」

「そして、段階を細かく上げていく事により、最終段階に入るまでに、恐怖でお前の心を弱らせ、自分には逆らえないという考えを植え付ける事が出来る。だけど、あいつにとってそのプランは、お前の抵抗により、途中で終了する予定だったんだ」

「え……どういう事？　だって、私がそうしないように段階を踏んでたんじゃないの？」

「段階を踏んでたからとしても、命令によっては従わない。まぁ、その度合いは人の気持ちの強さによって変わるんだが……少なくとも、西条は、お前の事を凄く気持ちが強い奴で、絶対に途中で抵抗してくると踏んでいたんだ。だから、あいつはもう一つ策を講じていた」

俺の言葉に桃井が驚く。

その事に気付いていなかったからだろう。

「今日、お前が抵抗した時、あいつはお前になんて言った？　言う事を聞かないなら、桜ちゃんに手を出すと言ったんじゃないか？」

「言ってた……。私と同じような事を桜にさせるって……」

「そうだろ？　あいつは、お前が言う事を聞かなくなった時点で、桜ちゃんに狙いをシフトさせるつもりだったんだよ。そしてそれは、お前が万引き犯に仕立てあげられた時点で、有効になっていた。だから、あいつはお前の心を弱らせるだけ弱らせて、あとは桜ちゃんを使ってお前に言う事を聞かせるつもりだったんだ。だが、あいつにとっての誤算は、お前が言う事を聞き続けた――つまり、お前の心が弱かった事なんだ」

俺の言葉に桃井は口を真一文字に結ぶ。

悔しいのだろう。

思い通りにさせられた自分が……。

素直に従う事しか出来なかった自分の事が。

正直、俺も桃井があのまま素直に従う可能性は低いと踏んでいた。

俺もこいつは心が強い奴だと思っていたからだ。

しかし——結果、こいつは従い続けた。

少なくとも、俺や西条が思っていたほど、こいつの心は強くない。

だが、俺は今回の件では、むしろ桃井の心が弱くて良かったと思っていた。

「お前は悔しいのかもしれないが……お前が抵抗しなかったおかげで、桜ちゃんは無事だったんだ。だから、そんなに気にするな」

「う……うん……」

「まぁ、あいつは見た目は金髪のギャルだが、それだけ用心深い性格をしているんだ。そして、桃井たちに手を出さない限り、俺があいつらを潰しにかかったりはしないという事も理解している。だから、何もしてこないさ」

俺がそう言うと、桃井は俺の目を見てきた。

「でも……別に、笑いかける事なかったじゃん……それに、壁ドンもアゴクイも……」

そう言って、桃井は拗ねたように頬を膨らませた。

壁ドン……？

アゴクイ……？

桃井は一体、何を言っているんだ？

多分言葉的に、俺が最後にした行動の事を言っているんだろうが……。

……というか、お前、誰だよ……。

まるで、桜ちゃんを相手にしてる気分になってくるじゃないか……。

「俺が西条にしたのは、桃井が西条にされた事のように、恐怖心を煽るためだ。それで、一度あいつを絶望させた。だけど、あいつを追い込むわけにはいかないから、俺は笑ってあいつに手を差し伸べた。怒りの顔をしている人間の言葉じゃあ、信じてもらえないからな」

「なんで、そこまで彼女を追い込みたくないの……？　彼女の事が好きなの……？」

「はぁ⁉」

なぜ、そうなる⁉

どんな思考回路してたら、俺があんな奴の事を好きって結論に至るんだよ！

「あのな……『窮鼠《きゅうそ》猫を噛《か》む』ってことわざを知らないのか？　俺があの時、あいつを必要以上に追い込んでいたら、あいつは絶対お前を道連れにしようとする。どんな汚い手を使ってでもな。それに、もしあいつらを裁くとしたら、お前が今日までにされた事を、全生徒が知る事になる。どっちにしろ、あいつを裁く事は出来なかったという事だ」

「それを彼女は気付いていないの……？　もし、気付かれたら、また別の策で仕掛けてくるんじゃ……」

そう言って、桃井は怯えた表情をした。

よっぽど、今回の事がトラウマとして植え付けられているようだ。

「あいつは気付いているぞ？」

「え⁉」

桃井は驚いた表情で、俺の事を見てきた。

そして、その顔色は絶望に染まる。

「心配するな、あいつは何もしてこない。こちらが裁けないと言っても、あくまで今回の事を知られたくないからだ。だが、桃井や桜ちゃんに実害が及ぶなら、今回の件を公表してでも、俺はあいつらを潰しにかかる。だから、西条は何もしてこないし、今回の件が尾を引かないように、俺はああいう行動をした」

「本当に、彼女は何もしてこないの……？」

……まだ恐怖は拭えないか……。

だが、本当にもう心配する事はない。

「心配か？」

「う……うん……。ごめんね……？」

「いや、心配になるのはわかる。あれだけの事があったんだからな。だけど——」

俺は桃井の頭に手を置き——

「あいつが何かするようなら、俺がお前を守るよ」

俺はそう言って笑いかけながら、桃井の頭を撫でたのだった——。

第七章　想《おも》いを寄せる相手はすぐ傍《そば》に

部屋に戻った私は、なんだか体がフワフワとしていた。

地に足がついていないような、不思議な感覚。

まるで、夢の中にいるみたい……。

その理由は外《ほか》でもない。

もう助からないと思って諦めていた私を、神崎《かんざき》君が助けてくれたからだ。

あの――私と桜《さくら》以外とはまともに話す事が出来ない神崎君が、まさか私の事を助けてくれるなんて思いもしなかった。

それも、あんな凛々《りり》しい姿で――。

私は体育倉庫での事を思い出す。

次々と西条《さいじょう》さんたちの策に手を打ち、彼女達を無力化した彼を。

そして、前髪を私の髪留めで留めて、見えた彼の顔を――。

「――というか、なんであんなにカッコイイの～！」

私はベッドの上で、ジタバタしてしまう。

だって、彼凄《すご》くイケメンだったんだもん！

そんな彼に、至近距離から見つめられてたのよ⁉

しかも、西条さんに脅される私の頭をポンポンって叩《たた》いて、笑いかけてくれた！

あんなのカッコ良すぎるよ！

うぅ……。

「もう無理～……」

体育倉庫の出来事を思い出しただけで、体が熱くなる。

今の私は、先程までの恐怖心がなくなってた。

それよりも彼の事が――。

あ……でも、彼は西条さんに、壁ドンやアゴクイをしてた……。

彼はあの行為が女の子の憧れだと知らないのかな……？

きっと、そんなつもりでしたわけじゃないんだろうけど……。

でも、あの光景を見た時、なんだか胸が締め付けられる思いだった……。

というか、彼は一体なんなのだろう……？

ボッチのオタクだと思ってたのに、よくわからないけど、プログラムに精通していて、相手の考えを見通すほどの洞察力を持ってた。

何より、頭の回転が速すぎる。

彼が、学力で人の頭の良さをはかる事は出来ないと言った事は、彼を見ていてよくわかった。

彼の具体的な点数は知らないけど、総合点で上位百名まで発表される中で、彼の名前を見た事はなかった。

だから、彼が勉強出来ない事はわかっていた。

でも、あの頭の回転の速さや、たくさんの知識を持っている事から、彼は頭がいい。

——それにしても、なんだか凄く女慣れしてない……？

ボッチのはずなのに、なんであんな事を女の子に出来るの……？

神崎君……彼女いた事あるのかな……？

——って、なんで私さっきから、彼の事ばかり考えてるの！

私には海《うみ》君がいるのに！

……付き合ってるわけではないけど…………。

それどころか、会った事もないし、顔も知らないけど……。

しかも、ずっと返信をしてないから、怒ってるだろうし……。

…………はぁ……お水飲みに行こ……。

◆

私がリビングに行くと、彼が下を向いて座っていた。

どうしよう……声……かけよっかな……？

私は迷いながら、彼に近寄った。

「――すぅ……すぅ……」

「寝ているの……？」

私が彼のすぐ傍まで行くと、彼は寝息を立てていた。

椅子に座ったまま寝てたら、腰を痛めちゃうのに……。

私が起こそうとすると――

「あ、お姉ちゃん」と、後ろから桜が声を掛けてきた。

桜は、お気に入りの毛布を持っていた。

彼のために、わざわざ部屋からとってきたのだろう。

「桜、起こして自分の部屋で寝させたほうが良くないかしら？」

私がそう言うと、桜は苦笑いする。

「桜もそう思って、何回か起こそうとしたんだけど起きないんだ……。でも、仕方ないよ。ここ数日徹夜で頑張ってくれてたから……」

「徹夜……？」

そんな……彼はそんな事、一言も言わなかったのに……。

桜は私の言葉に何も返してくれなかった。

その代わり、ジッと私のほうを見上げていた。

「ねぇ、お姉ちゃん、もう隠し事はなしにしてね……？　何か困ったら、桜やお兄ちゃんに相談して」

そう言う桜は、私の事を強い眼差《まなざ》しで見ていた。

——あぁ……そうだった。

この子は、人の本質を誰よりも見抜く。

そんな子が、私の隠し事に気付かないはずがなかった。

「ごめんね。次からはそうするわ」

私がそう言うと、桜は嬉《うれ》しそうに微笑《ほほえ》んだ。

……でも……そっか……。

私は神崎君のほうを見る。

彼が私の事を助けに来てくれた理由がわかった。

桜に頼まれたから、私の事を助けに来てくれたんだ……。

そんな事も知らずに浮かれて……私、ばかみたいじゃない……。
やっと彼がデレるようになったと思ったのに……。
きっと今日優しくしてくれてたのも、私に同情してただけなんだ……。
「お姉ちゃん？」
私の気持ちが沈んでいると、桜が心配そうにこっちを見てきた。
本当にこの子は、鋭いなぁ……。
「なんでもないよ」
私はそう言って、桜に笑いかける。
「そっか」
桜はそう言って、ニコッと私のほうを見た後、神崎君に毛布を掛けた。
……桜は凄く可愛《かわい》い。
見た目も凄く可愛くて、身長も低いし、とても女の子っぽい性格をしている。
何より、胸が凄く大きかった。
私の胸は、こんなに貧相なのに……。
神様は理不尽だと凄く思う……。
そんな桜は、凄く神崎君に懐いている。
もしかしたら、異性として好きなのかな……？

どうせ彼も、桜みたいな子が好きなんでしょうね……。

だって、凄く可愛がってるもん……。

はぁ……。

別にいいもん……私には海君がいるし……。

……海君、許してくれるかな……？

私はスマホを取り出し、文字を打ち込んだ。

『返信、遅れてごめんね(>_<) 色々用事があって忙しかったの(;∀;) でも、もう大丈夫(*´▽`*) 本当にごめんね:(つ、;`つ):』

私は自分の書いた文字を見て、苦笑してしまう。

こんな嘘《うそ》に逃げる自分が情けなかった。

でも、正直に話すわけにもいかないし……。

私はそんな事を考えながら、メッセージを送る。

――ピローン♪

私がメッセージを送った直後、近くで通知音が鳴った。

反射的にそちらを見ると、神崎君の足元に落ちていたスマホから鳴っていた。

おそらく、寝落ちした時に、手から落ちてしまったのね。

このまま彼が気付かずに踏んじゃったら、スマホが壊れちゃう。

私は彼のスマホを拾い上げた。

そして――

「え……？」

私がスマホを拾い上げた時、画面が見えてしまった。

普通なら気にする事じゃない事だと思う。

彼が誰と連絡をとっていても、私には関係ない事だから。

でも、私は画面に映る文字を見て、固まってしまった。

その画面に映しだされているのは、私が海君とやりとりする時に使っている、ＳＮＳサイトからの通知。

そこには――『花姫からメッセージが届きました』との通知が映されていた。

そして私は思い出した。

彼の名前が〝海《かい》〟斗《と》だった事を――。

あとがき

まず初めに、『ボッチのオタクである俺が、学内屈指の美少女たちに囲まれていつの間にかリア充呼ばわりされていた』、略して『ボチオタ』を手にとって頂き、ありがとうございます。

そして初めまして、『小説家になろう』というサイトで活動をしているネコクロです。

今回、講談社ラノベ文庫様から書籍化する事が出来たのは、WEBで掲載した当初から、多くの読者の方に支えて頂いたおかげだと思っています。

感想を頂けるのが楽しくて日々更新しておりましたので、本当に皆様のおかげです。

そして、書籍化する際に携わってくださった皆様、本当にありがとうございます。

特に、ネコクロのわがままを聞いてくださったり、明け方まで相手をしてくださった担当さん。

夏コミの作業があって忙しいにも拘わらず、イラストの仕事を引き受けてくださったおもおもも先生。

お二方には、とても感謝しております。

初の書籍化という事で分からない事も多かったのに、担当さんは凄く丁寧に色々な事を教えてくださいましたし、おもおもも先生はしっかりと『ボチオタ』を読み込んでくださって、それぞれのキャラの魅力を十二分にイラストに描いてくださいました。

このお二方に担当して頂けて、ネコクロは凄く運がよかったと思っています。

さて、お堅い挨拶はここまでとしまして、実は講談社ラノベ文庫様からお話を頂いた時は凄くテンションが上がりました。

なんせ、ネコクロが単行本を全て揃えるくらい好きな漫画が出版されてる、出版社様だったからです。

今話題の五つ子のヒロイン達の漫画や、兄の死とスランプを乗り越えた主人公が頑張るサッカー漫画、スポーツ漫画には珍しい頭脳とノートをフルに活用して主人公が試合をするテニス漫画などですね。

ラノベと漫画の違いはありますけど、やはり凄く嬉しかったです。

『ボチオタ』もこの作品たちくらい、多くの方に読んでもらえる作品目指して頑張ります。

また、多分WEB版を読んでくださっていた多くの方には察して頂いていたと思うのですが、WEB版で一番人気のあのヒロインは話の流れ上この巻では出て来てません。

前々からイラストを早く見たいとか、楽しみにしてますと言われてた方々、今回はおあずけになってしまいましたが、彼女が出てくるのもそう遠くはないと思います。

そして、書籍で読んでくださった方々は、いったいどんなキャラなのか、彼女が出てくるまで楽しみにして頂けたらと思います。

正直、ネコクロ自身が凄く楽しみにしているキャラでもあります。

さて、この巻では最後、咲姫《さき》が『海』の正体に気付いて終わりとなりました。

秘密を知ってしまった彼女の心情がどうなっているのかを想像しながら、続きを待って頂けると嬉しいです。

次巻でもお会いできる事をネコクロは祈ってます。

それでは最後にもう一度――『小説家になろう』から支えてくださった読者の皆様、今回書籍を手に取り読んでくださった皆様、そして――書籍化するにあたって関わってくださった皆様、本当にありがとうございました！

あとがき
イラスト担当
おもおももです！
ネコクロ先生の書く
魅力満載なキャラクター達を
イラストで全力表現しました。
完璧美少女に見えて実は乙女で
不器用なところもある咲姫ちゃん、
最高に可愛い天使すぎる桜ちゃん、
そして普段はおとなしくて
ぼっちだけどやるときはやる！
主人公の海斗くん。
物語の印象的なシーンで、
彼女たちの可愛さや活躍を
イメージするお力になれましたら幸いです！
桃井姉妹
尊い…
おもおも

ファンレター、
作品のご感想を
お待ちしています。

あて先

〒112-8001　東京都文京区音羽2-12-21
(株)講談社ラノベ文庫編集部 気付

「ネコクロ先生」係
「おもおもも先生」係

より魅力的で楽しんでいただける作品をお届けできるように、
みなさまのご意見を参考にさせていただきたいと思います。
Webアンケートにご協力をお願いします。

https://voc.kodansha.co.jp/enquete/lanove_123/

講談社ラノベ文庫オフィシャルサイト
http://kc.kodansha.co.jp/ln
編集部ブログ http://blog.kodanshaln.jp/

第10回
講談社ラノベ文庫
新人賞
募集中
!!!
本気を、魅せて。
イラスト：鶴崎貴大
応募締切 2019年10月31日(木)
(23:59)
※Webのみの応募受付となります
●1次選考通過者以上の方には評価シートをお送りします。
●2次選考通過者以上に担当編集者が付きます。
大賞 300万円
優秀賞 100万円
佳作 30万円
奨励賞 10万円
募集要項などの詳細は講談社ラノベ文庫新人賞サイトをご覧ください
http://lanove.kodansha.co.jp/award/rookie/10/
講談社ラノベ文庫新人賞サイトでは新人賞のアーカイブなどを公開しています。

講談社ラノベ文庫

ボッチのオタクである俺《おれ》が、学内《がくない》屈指《くっし》の美少女《びしょうじょ》たちに囲《かこ》まれていつの間《ま》にかリア充《じゅう》呼《よ》ばわりされていた

ネコクロ

2019年10月1日第1刷発行

発行者	森田浩章
発行所	株式会社　講談社 〒112-8001 東京都文京区音羽2-12-21
電話	出版　(03)5395-3715 販売　(03)5395-3608 業務　(03)5395-3603
デザイン	ムシカゴグラフィクス
本文データ制作	講談社デジタル製作
印刷所	豊国印刷株式会社
製本所	株式会社フォーネット社

ISBN978-4-06-517262-9　N.D.C.913　263p　15cm
定価はカバーに表示してあります

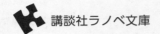